主编　凌翔

当代作家精品·散文卷

小池一朵芙蓉

李友荣　著

文化发展出版社
Cultural Development Press

图书在版编目（CIP）数据

小池一朵芙蓉 / 李友荣著 . — 北京：文化发展出版社，2020.11
ISBN 978-7-5142-3236-3

Ⅰ . ①小… Ⅱ . ①李… Ⅲ . ①散文集－中国－当代 Ⅳ . ① I267

中国版本图书馆 CIP 数据核字（2020）第 203130 号

小池一朵芙蓉

李友荣 著

责任编辑：尚　蕾
出版发行：文化发展出版社（北京市翠微路 2 号 邮编：100036）
网　　址：www.wenhuafazhan.com
经　　销：各地新华书店
印　　刷：三河市龙大印装有限公司

开　　本：710mm × 1000mm　1/16
字　　数：208 千字
印　　张：15.5
印　　次：2021 年 3 月第 1 版　　2021 年 3 月第 1 次印刷
定　　价：66.00 元
I S B N：978-7-5142-3236-3

序言

许美良

我们生活在伟大的时代，常称道用大手笔做大文章，出大成就。鸿篇巨著，记录民族历史；宏才伟略，抒写美满人生。李友荣生长在烟波浩渺的洞庭，却寄情吹皱春水的小池；徜徉在极目乾坤的吴楚，却眷顾出于清水而不染于污泥的芙蓉。她的作品，取材生活中，着笔细微处，似乎在不经意间描摹山水风物，童年里“摇篮似的”水塘，夏虫“不知疲倦地歌唱”；竹林掩映的老屋，还有苦涩诱人的蛇莓红果，终成难忘的记忆。

友荣的散文取材精微，口径虽小，涵泳甚大。笔下的乡村风俗画，不着墨大时代，却是鸿爪春泥。正如孟浩然笔下的“气蒸云梦泽，波撼岳阳城”足见盛唐气象；“明月松间照，清泉石上流”也是盛唐文人雅致的宁静表达。越是细微的风物，越是照见时代的风韵。老屋前的小池，有家庭的悲欢离合，时代的斗转星移，它映照了村头的清水河，故乡的清水河映照了烟波浩渺的洞庭山水，洞庭山水映照了滚滚长江、九曲黄河。

我们生活在快速发展的时代，科技推动工业文明，走向数字时代，就连文坛也涌现大量网络写手，一朝出书，一举成名。友荣不屑于此，她的作品当属手工品，算是慢工细活，需要时间的打磨、精神的历练和细心的雕琢。友荣的职业原本就是工匠，中南大学理科生，毕业后一直在企业和产品打交道，冰冷的数字不能消解她生活的热情，理性的思维不能束缚她感性的骏马，机械的锻打不能消磨她的意志，倒是她的工匠精神，对于创作，形成简捷干净的文风多有裨益。

友荣的文字，就是这样地切入生活的观照，干练中凝练思想的厚度，简捷中体现艺术的精致。描写老屋的绿树，“槐有槐的生活，杉有杉的精彩。是槐，就得开花，是杉，就要往上”，读来感觉就是精致的工艺品，里面包含了作者的思想和灵魂。人生如逆旅，走在阴雨的路上，“叶子在随风翻飞。云层连着黑，低低地压下来”（《就像小雨来到人间》），寥寥几笔，把人生如黄叶翻飞的渺小，生活的归途中常充满阴霾的感悟，提炼成文学的形象。

杜甫在《天末怀李白》诗中言：“文章憎命达。”诸事通达者常有俗务缠绕，文才出众者总是命途多舛。友荣的人生比较同龄人有更多的磨砺和坎坷，大学毕业后就职于企业，不久企业改制，工作异动，生活从小康到困顿；家庭出现变故，至亲相继离世，情感历尽撕裂之痛，友荣把种种的不幸，变成了生活的风雷雾电，她用笔墨倾吐胸中块垒，借文字支撑精神世界。

因为此，友荣创作出的不是人生的虚空和人性的残酷，作品展示出来的，有生命不能承受之重的伤痛，有人物与命运抗争的乐观和倔强，有苦寒人生折射出的生命的坚韧和灵魂的高贵。率领全家大小日出而作、日落不息的母亲，因痛失爱子，又恨别老伴，儿女在外谋生不得相依，祈福求善，一心向佛；中年丧夫的大姐，扶老养幼，练摊打工，独撑门户；同学国旗，不屈服落榜，毅然参军走自己的路；五弟楚兵没能考学，务工务农，坚持读书练字。作者在叙述生活的艰辛和痛苦，更不忘展示人性的善良和不屈。时代呼唤英雄，更有无数的小人物，生活在我们的周遭，他们的人生命运和坚韧品格不断激励和鞭策我们，友荣用文学昭示生活，揭示灵魂，也用文学丰腴生活，自我救赎。

说友荣的创作是自我救赎，源自灵魂深处的情感升华和悲悯情怀。她把生活的风雨雾电，抑或云霞彩虹，酸甜苦辣，抑或悲欢离合，赋予文学的浪漫，性情的浪漫，心灵的浪漫。作者记叙生活的悲怆故事，常穿插一个梦；描写生活劳作的场景，常有一个诗意的结语。即使在絮叨家长里短，也会有温暖的细节可供回味。初读友荣的文稿，以为太过写实，自然全无雕饰，小巧太过琐细，慢慢读来，方得真味。那写实的背后透出的是照亮现实的光亮，湘北泥地里绽放的绿色，小池塘里绽放的芙蓉，悲悯不失倔强，自然不失浪漫。

做个市井凡人，无意关注大时代；且有乡里掌故，无关风花雪月；我自悲情我自欢，小池芙蓉芬芳在。

是为序。

许美良：湖南省中学语文特级教师，湖南省中学语文教学专业委员会理事，长沙市第一中学集团办公室副主任，长沙市湘一芙蓉第二中学校长。

目　录

第一辑　童话的故乡

第二辑　和你在一起

第三辑　在城东南路

第四辑　清水出芙蓉

第一辑　童话的故乡

月亮还没有来
夜的黑里
我在眺望
那样闪烁的微明

一滴泪
在风中滑落
如寂寞的花
开在墨蓝的湖心

可以照见的是黑夜
可以穿透的是黎明

在人鱼的故乡
连空气都是爱情的味道
你不能简单地想起
也不能容易地忘记

——李友荣《童话的故乡》之一

在辽阔与深情之间

在湘北有条河，叫新墙河。沿河有很多的山，山不是很高，多是些朴素的松林。小河傍着山林，自东而来，西入洞庭，汇入长江。小河流过的这片平原是我的家乡，土地肥沃，农民们在上面种瓜得瓜，种豆得豆。

只要过完冬天，小河就跟明晃晃的镜子般，眼看着一天天亮了起来，丰满起来。这时候，平原、山色也跟着走进了明朗的春天。更远处，蜿蜒的山林跳过低矮的山冈，一路奔跑延伸，消失于白蓝的天边。看得见绿的山，绿的草，绿的平原。大块的线条，颜色，全都是绿。绿色，成了这片平原无声的歌者。绿色的尽头，是平原上辽阔的地平线。不要奇怪那个移动的小黑点，在太阳升起的时候，我常常在那片平原之上。我很想极力远眺。山从哪里来？水从哪里来？我很想循着它们的足迹一直跟去。往东？还是往西？听说西边是湖。那么东边呢？研究过历史的，知道有新墙河会战——三次会战，为保卫长沙，痛击日军，血染长河……这是一条河流的历史。研究过地理的，肯定比我更清楚这条河流的起源。

和弟弟赶着耕牛去小河对岸放牧的时候，很有些天真的狂想。我们沿着小河，就这样一直走下去。过七星桥的时候，一定要去姑妈家里歇一晚，带上很多的饼干，最好秘密地出来，不让姑妈通知了家里。一个人上路很害怕，最好碰见一个同样的我，好让弟弟回家去，他的腿脚不好肯定走不快，然后我们接着走下去。可是一直要走到哪里呢？山的尽头水的尽头吗？没有人清楚一个孩子心里有过的疑问。

夏天的夜晚，月地里，总有些拍着扇子纳凉的老人，对我这样的问题，老人们一笑置之，没有答案。在他们眼里，这片山水就长在这里，跟他们一样安心受命。除了穿衣吃饭，他们没有想过这样的问题。他们甚至没有到过比村庄更远的地方。所以，我不可能找到我要的答案。那时的我没有想过问我的父亲，父亲算是见过些世面的。可是我想问的时候，父亲已经躺在了这片泥土里。

对于这条河流，这片土地，我的兴趣与生俱来。不过，一切终是个未解的谜团。我不能肯定，虽然我很想肯定。理想的、优美的，或者是有些苍凉的往事的背影，那多是我心里苦苦寻过的东西，有过抓牢，更有过放飞，它们轻灵，它们沉重，它们说不清道不明。但是它们永远在我的生命里，就像这条河流，这片土地，它们和谐，它们相依，它们不只是流动的风景。在我常常的观望里，它们只有沉默，在如此辽阔的深情里。

是的，在辽阔与深情之间，那都是我们不懂的语言。

魔幻池塘

一左一右两口亮亮的水塘，摇篮似的，排在我童年的村子里。水边几丛树，杨树、柳树，或者苦楝树，多是湘北平原上能有的，树下有桥板，青石板平整光滑，带着些浅蓝的花纹。在我的家乡，近水的地方就会有这样的桥，不适于通行，方便人刷洗。桥上可以看天光云影。秋天里有高高的积云，如絮如缎，也有的轻纱样的，一片片掉在这安恬的水域里。

好玩的还是夏天。水塘清新满满。知了在远处的绿阴里练功，突然跑过去摇它们，让它们晴空展展地飞，也可以打着乐声坐在桥板上戏水。水的波纹很美、很规整，围了桥心圈圈散去，像一页浮光跳动的扇子。扇子到岸了，一阵风来，天光云影，全在一个乱的摇晃里。这样的水塘让我忘形，我等待它们的平静。波纹看久的时候，人就会跟着那样的波纹漂起来。

天公变脸，黑黑的云朵赶着风，拂过水塘，拂过村庄，一泻千里地飞。

近处的晒坪，远处的水田，全都是跑动的人影。晒了谷子的人家回来得最快，一面跑，一面喊着自己的孩子快些回家收谷子。人们习惯了老天爷这样的捉弄，一刻都不敢耽误，夏天的暴雨说来就来。几分钟时间，地坪里晒着的颗粒归仓。雨点落下来，鼓点似的繁茂、密集，它们在天公的号令里一阵一阵地来，打在水面上，也打着些紫色忧郁的水浮莲。

无论晴天、雨天，我都是这片水塘的常客。太阳比花朵还顽皮，上午在水塘这边，下午却跑到了水塘的那面。除了天上的云朵和水上的花朵，水面上还有孩子的喧哗，瓦片跟着贴水低飞，童心在简单的欢喜里，孩子们乐此不疲，他们让这片水塘热闹起来，乱了起来。

暮色四起，田野升起了炊烟。

收工之后的男人们成群结队，去往一个更远更深的水潭。男人们劳作之后的乐趣，就是去那里放心地洗澡。女人们乐得清静，正好来水塘边洗衣。这也是一天当中水塘最热闹的时候，肥胖的大婶来了，苗条的姑娘来了。棒槌在这些女人的手里甩出了优美的弧线，我还从没有见过这样好看的洗衣，一块桥板上几个人，有的还挽起裤管，站在水里。

棒槌声声，很有节奏地拍打，拍打声传过水塘，传出老远。

我看人洗衣总是操心，那样的棒槌甩起来，不要打到了自家的脑袋。衣服在女人的手里，被拍成了拧着的“麻花”。突然，“麻花”被人一把拎起来拧干，又甩开，碎碎的细花，撒落在水面，却是一件白花的褂子。这样的水塘，就让人啧啧称奇。

塘边的知了还没有息声，远处的青蛙、蟋蟀，更多的夏虫，它们搬来了一场又一场的音乐晚会，它们在水塘边不知疲倦地歌唱，歌唱稻花，歌唱爱情。女人们还不认识我，对于这个一动不动的喜欢坐在桥板上看水的孩子，她们只觉得稀奇。其实，对于水塘的一切，李家老四初来乍到，她也正在自己的稀奇里。

那嵌在梦里的

每年夏至前后，家乡广袤的水稻就开始抽穗扬花，棉花也开始含苞吐蕾。大地的生长透气通根，充满希望。风吹起来，空气在一种淡淡的清香里。这样的时候，父亲常常扛着锄头在田间地头间苗、清沟、除草、培土。我们喜欢在亮晃晃的日头下，在沟渠边，在田埂上，在园子里，那样大声欢喜地喊着父亲。

可是，这都是过去的记忆了。

一张铅印的二十年合同，静静地躺在父母的立柜里。记不起具体的时间，也许有好几年了。那时的水田被政府统一规划，大片的水田种上了西瓜、樱桃、西红柿，国家的产业结构调整政策，家乡成了规模可观的蔬菜基地。农民被征收的土地，每亩田由经营者每年补助六百八十斤粮食，国家每亩也还有几十元的小额补助，农民完全从土地上解放了出来。过了几年，大片的瓜地、菜地，又发展成为葡萄园——一根根立着的水泥棚架，在平原上尽情地铺开。政府的扶持，农技的渗透，共同的浇灌，我的家乡——清水，变成了湘北平原上一颗耀眼的明珠。

“一个远近有名的葡萄园，一个湖南省有名的高科技葡萄园种植示范基地。”坐在城市行进的车上，电台的乐声和美清脆，我在无意中听到了一段家乡的解说。

去年夏天，我的父亲应该还在那样的葡萄园里剪枝、打杈，做着一些并不轻松的事情。而现在，父亲走了，走在年前那个五十年未遇的寒冷的冬天。像是熟悉的稻田，父亲也成了一个遥远的想念。当我们不再有稻田，我们还有园子；当我们不再有父亲，我们还是有园子。有了园子，就会有不能的忘记。

眼前是一个绿绿的园子——绿的蔬菜，绿的篱笆。旁边过去，是更广更深的绿，那是葡萄园。在六月的阳光底下，在那些纵深、开阔的绿色里，有过父母劳作的身影。

是的，总有些是不能忘记的，连同那无边的绿，玉似的，嵌在我的梦里。

田泥的背后

不知道一切是怎样开始的。似乎起源于书。一本借来的旧书。另一本，是在一个城市的北门，城墙下的门洞边，从一个白发老汉的书摊上得来的。也有几本地方的文史资料。这些书于我，似乎是冥冥中的缘分。神以大道示人。我却是可以安静地解读有关故乡的文字。地方史志记载，平江多出行武之人，华容多出士大夫文人，岳阳县却是些安身立命的生意人，小本，精细。我在这样的文字里，想起自己的父亲。60年代的父亲，常让我想起《百年孤独》。这个孤独的“炼丹师”，常在自家的木板楼上专心“研究”硫黄、硝粉及药引，制着那时还不能公开贩卖的雄黄炮，也没有不小心炸掉自己的房子。

雄黄炮烟大声静，性子柔和兼有香味。在我们这，过端午节时除了吃粽子，挂艾蒿，角落里还要点上雄黄炮。似乎是世代相传的习俗。而在端午节之前，母亲就会扁担箩筐挑着刚出生的二姐走村串巷地跑，脚上的鞋子常是摆设。母亲说，常常，进人家村子时穿起来，出村又脱了。母亲总是舍不得，即便是到邻县的地界，母亲也是一天来回，当人只说是走亲戚。而其实是在远处的村子里卖雄黄炮。

80年代，父亲在自家的责任田里种稻子，也用荸荠的苗秧种出大片的荸荠。晚季的荸荠，早稻收完，七月下旬就可以栽种，越冬之前采收。我们这里的荸荠，皮色紫黑发亮，清脆洁白，味甜多汁。荸荠古称凫茈，俗称马蹄，与过年的糍粑、薯片共成一隅的乡景。每年冬至前后，就到了采收的时节。父亲带队，我们跟在后面，用铲子灵巧地挑出那些泥土里深藏的家伙。那样的冬天，我们的小手时有皲裂，碰上潮湿的地方，全身上下就是不二的泥猴。土地带给人无尽的惊喜。我们将那些圆亮的荸荠一个个找出来，丢到旁边的篾篓里。

暮色渐浓而炊烟升起，我们的鼻子也冻成了“荸荠”，却还是笑。

第二天，父母就挑着这江南的“人参”、地下的“雪梨”，去到那十几里路外的小镇或者更远一些的城市，上给那里专门收货的人。那时的家里还养猪。猪槽边或者猪婆身边，常有抢食的猪崽白花花一片，小孩子被这热闹时时引来，有事没事地看。偶尔，拿个小小的石子丢下去哄它们吃。那样的猪崽出栏的都长膘，总有人要。人都说母亲手好。其实，母亲不过是知道一些饲养防疫知识。

智慧、汗水浇出了勤劳的花朵。1985年，我们村里有了全公社唯一的一栋两层楼，这是父母新起的房子。第二年，家里又开了全村第一家经销店，引起不小的轰动。总结父母致富的经验，似乎却就是两个字，勤劳。汗水滴在田泥的背后。我始终觉得，山给了母亲憨厚，水给了父亲灵性。父亲有战略家的眼光，而母亲有实干巧干的胆量。我有时觉得，他们真是一对革命的好夫妻。

以我天生的好奇，总在故乡的文字里刨根究底。

或多或少，人喜欢在自己故乡，或是在那样的一条河流里寻找自己的影子。

提子红了

故乡是典型的丘陵地貌。山地有起伏的线条，地表上覆盖着厚厚的绿色，一条河流缓缓穿行延伸到达父亲的村庄。在山地、河流交汇的地方，就出现了金黄的稻子，绿色的蔬菜，还有大豆和芝麻……各种作物在大地的深处应时生长，鱼儿在水草的下面叭叭地吹着气泡，这是洞庭湖平原上无数个血缘散落的自然村庄之一。像这样的村庄再相似普通不过的了，但现在也成了农村改革试点的先行地，是本省本县新农村建设的示范村。

2001 年，这里就有了政府出面资助的蔬菜大棚种植基地。之后是成片的西瓜地。从 2005 年开始，又有了现在颇具规模的无公害葡萄园种植基地。最开始，葡萄园里的承包业主，多是外乡来的投资人。本地的农民在当时或则短于见识，或则没有足够的财力。毕竟，一次几十万投入大面积承包，不是一个一辈子老实巴交的农民能行的事。外乡人不声不响，提着自己的钱袋子进村围地，开沟……本地人围着看，啧啧称奇，也佩服这样子扎根的勇气。葡萄抽枝发芽的时节，村里的男女老少只要愿意，就可以在葡萄园里做些锄草剪枝的事。但毕竟忙的时间不长。除此之外，却都是闲云野鹤的生活。现在的葡萄园，也有了本乡本土的租种，但离真正的大规模、自动化，却还有一定的距离。

日出日落，乡村站在希望的田野上。秋天到了，提子红了。那圆的红，长的绿，一串串，一挂挂在绿地浓荫安静的影里。过往的路人就下来，葡萄园里一路看，看天，看地，看葡萄，也看那样红脸扑扑的姑娘。这土地的柔和，晶莹透亮甜蜜的丽影，不能辜负。这样，故乡的葡萄就上路了，来到城市，来到客厅沙发的茶几上。

九月秋深，未完的葡萄又酿成酒。酒香四溅，本地的爷们儿喝烈酒，兑了烧酒，绛红的杯子端出来，只那一个字“爽”。酒香之外，是村人流转的生活。

梦在空阔的时间里活跃地醒来，连同那些消失的老屋，那些跌入到未知深处的水塘与水井。又穿过幼时的园子、合抱粗的大树、低矮的竹林，一起走进想象的世界。现在的房子多是新起的。光亮又规整的水泥路到门前地坪，长长的机耕路上又有了城里才有的绿化带，也有了城里才有的路灯。这让人恍惚。曾经我所爱着的一切在换着花样地离去。葡萄园又是现时多少孩子嬉戏的天堂？也许这天堂已不属于我，也许人在自己的岸上，即使某一天离开，那景象总还在心里，又时时常新。

这样的村庄是有福的。

“阿门，阿前，一棵葡萄树。”葡萄是故乡再也绕不过去的话题，那些收获的远景那么的诱人，敞亮。丰收的葡萄园，就在眼前，它将是故乡日盛一日的景象。秋天到了，提子红了。但愿这红，可以就此诠释，一个人心里对故乡所有的情感。

阳光深处的村庄

大地庄严。太阳未出，远村近野全都是若明若暗的光影。一个人的早晨，就会穿越时空想起一个叫作莫奈的画家关于森林的油画。天空之下，那样被云层推远、相宜的光影又兼柔和的宁静，是父亲的村庄早上惯有的景致。村路自西而东。南面水田，连着远处的村庄；北边两口水塘，中间一眼水井。水井过去是一条穿行的土路，连通各家的宅基。日间路上，多是或近或远的族亲。多年以来，人们就在这样的路上扛犁荷锄，娶亲嫁女，打着招呼地来去。

这里我说的是1978年，父亲的村子。

那一年，村子的水塘还在，水井还在。村里填河改地的工程还只在后河，没有到门前的水塘和那在夏天有最好的冷饮、冬天里却冒热气的水井。大人们在远处做事的时候，孩子们常常在这样的井边围着井壁深深的井面看。实在无趣了，用串着的棉絮忽高忽低一路引逗，从绿地野花里钓出些贪嘴的土蛤蟆，远远地扔开，再钓。有时却又变出个法子，去到田野的深处，找那些唱歌的鸟，看着它们拍着翅膀远去。

孩子的眼里，一切的小有无限的大，一切的风景自有它无限的神奇。

那咚咚地叫着的，人叫它咚鸡；呜啊呜啊响着的，称之为鹅鸡。至于真正的学名，我们这里谁也说不上，只知道咚鸡、鹅鸡都可以飞，腿都比家鸡长。说是鸡呢，其实都是鸟，鹅鸡的脖子稍长，颜色不好讲。咚鸡全身黑亮，倘是不小心惊到了，一团黑影出来能吓人一跳，却又分明看见那黑色张开的翅膀里几根洁白的羽毛。

我在说着这些禾田潜鸟的时候，母亲只是温和地笑。她也不知道那些鸟的名字，只知道凡有村庄稻田的地方，就会有这些潜鸟的声音。这些戏耍人类的迷藏，走到哪里都是笨的歌唱，似乎告诉人们，我就在这里，在这里，似乎这里就是它们宁静的家园。没事的时候，孩子们寻了这样的叫声，就在田地、篱笆的缝隙里找。有时是空空的窝，有时是几个蛋，有时却是些黑毛茸茸的家伙。孩子们心里稀罕，捧了这些可爱的小家伙一路快快地跑。回家里端详，看那样圆亮的眼睛，细细的脚爪。饭都顾不得吃，好茶好水地招待。然而，早上起来，小家伙们踪影全无，地上一撮带血的羽毛。生气，寻了家猫家狗问。家猫家狗进门时，主人早就举了猫儿对着狗大哥拜三拜的，说，猫儿狗儿拜兄弟，拜了兄弟一家亲，你守护白天它守护夜，你为主人看大门，它为主人捉老鼠。说也怪，这猫儿狗儿拜了兄弟，自此相安无事，不会无事相打头破血流，更不会随便去动主家的物什。偷吃的，自然是哪里窜来的野猫，或者是远处田里的黄鼠狼了。似乎，整个夏天都是鸟雀、青蛙的影子。

夏天摇曳，夏天迷人，夏天就那样轻快地过去。

在距父亲的村庄、这片河流之滨的平原沃野东去不远，是一片辽阔的山林。从那片群山走出的，却是一个曾经更小的童年。眼见的一切还都是和风丽日，这和风丽日和水乡的全不一样。比如高岗上连绵起伏的红土，松林里笔直伸展的蘑菇，黄昏时候从西边枞树上慢慢坠落的太阳。

干净的荆条、落地的松针在火塘里燃烧，开出别样的花朵。

人在这样的花朵里可以感受一份原始的温暖。

我在山柴燃烧的味道里等候外婆的一碗甜汤。那是饭锅里冲出的米汤，有时红糖，有时鸡蛋。外公过来了，伸出一根竖着的指头看着我，慢声慢气："娃，这是几呀？"自问自答的"嗯，一哒。"然后两个手指头出来了，这是几呀？等半天还是他自己说话，嗯，二哒。我其实完全明白，但就是不能开口说话。世界在我的眼里还只是晃动的影子，还不能领会它深藏的爱意，这是一个如此胆怯又如此孤独的孩子。外公就摇头大声叹息，这个娃儿将来只怕是哑巴哩。

而只要村子里那个真正的哑巴远远地走来，我就会大声哭起来。哭声在村子的高地，我在向世界宣告我不是哑巴。我甚至不允许那个哑巴多看我一眼，虽然哑巴也跟这村子一样欢迎并且喜欢我这个远村的来客。丛山巍巍，炊烟缭绕，哭声嘹亮的地方，是我幼小时住过的母亲的村子。多年以后，当我和母亲坐在城里的书房，才知道，时光让我牢牢地记着那一团温暖的光亮。我相信并且感觉，世事在这里画下了一个圆。

如此的奇妙。我想起外公，这个耐心坚持的老人，与我本无血缘又胜过有血缘的亲人，让一颗孤闭的心灵慢慢习惯并且回复到一个快乐童年天真的本性。他用自己的办法试着相信了，这个几岁了还不能开口说话的娃娃是个完全正常的孩子。

这个孩子终于长大了，回到平原的村庄，又去到那鸟语清风、自由嬉戏的原野。

在如此不同的两个地方安静地长大。爱也在时光的树上结下了原初的硕果。那样苍茫没有来路的幸福，任岁月无法抹去。时光的旧影，交汇的村庄。

扇子与歌谣

在三十岁之前，我不觉得故乡于我的特别。只知道，故乡有父母，有已经老去的一切。有关这样的一切，我认为就是故乡全部的定义。每次去那里，我谓之回家。似乎除此之外，我没有更好的说法。我不能说，故乡是春天的小河明光闪闪穿过朝霞杨柳的出发，是七月里天长地久清明澄碧的黄昏，是一切夏的牧歌、秋的月牙和冬天飘飞的雪花，是往事的琴音，是消隐的翅膀……年龄让人失却了一切的花招，我对故乡早已放弃了这样的说法。

事实上，很多时候，我觉得回家只是一种生活的习惯。人对习惯有种本能的趋近，谁都不会轻易站到习惯的对面，毕竟，习惯早已教会我们安然舒适的生活并且由此避免一切指责的危险。在我的内心，从来不会喜欢在我和故乡之间强加的绳索。也所以，很少回到乡下。一则忙，二则自己已经习惯或者从未想过要走出内心无比孤清的影像。实在是不喜欢亲情之外的那些茫然、无所事事。很多时候，甚至就连亲情本身，似乎也都是我想要逃避的。只有在内心特别失落的时候，才有一种回乡的冲动与渴望。城里生活的点滴，百种千般的好，都在让回乡变成一种愈来愈远的奢望。而现在，父亲不在了，母亲常来我这里，却似乎人是徒有乡村了。

书房里，一台电脑，一张床。

小村姑在电脑上打字，老村姑在床头细细地拍着扇子。这是一把地道的蒲扇，长布条严严实实，围住一片植物的大叶剪出的圆面，只留一个可握的手柄。我或者说不出这种植物的来历，但在乡间地头，我必是信心满满很容易就把你带到它们的面前。从我记事起，乡下的土里长着它，乡下人夏天里用着它。但现在不说城里，就是纯粹的乡下，这东西还真是难得一见的了。老村姑每次吃过饭，一个人拍着这样的扇子去串门，人家老太太看见了，就摇着城里的小扑扇，边笑边说，你那个破东西早扔了，又重又难看，我这个不费力，好看又轻巧。老村姑就笑笑，我这实在，扇一下是一下。此刻，让我从电脑上回过头来的却不是这把共居一室的蒲扇。常常，在我打扫房间的时候，总是嫌它多余。母亲不习惯城里的电扇、空调，总是用她的老扇子。老扇子一拍就拍出夏天的感觉了。

“正月里采花无花采，二月采花杏花开，三月桃花红似火，四月橡皮飞上天，五月栀子闹端阳，六月荷花满池塘，七月菱角千藤长，八月桂花满园香……”母亲的歌谣瞬间击中了我。我好奇地看着她：您刚刚在说什么呵？我记不起事先在跟她说什么，也许什么也没说。要说老村姑也真是可怜，自从医院检查知道脑血管有什么毛病了，有事没事就喜欢说话。我知道从前她不是这样的，她或许是害怕一到发病了说不得话。我却是不喜欢这样子交代后事的感觉，可是无论我是怎样的态度，老村姑毫不计较，就喜欢缠着说，不理都不行。有时实在没人说话了，就是这样的自说自话。但此刻我已经管不了，我知道这是故乡的歌谣，不知道已近七十岁的母亲是怎么还记得的，我在发出“衷心”的感叹。书桌上胡乱地找，等着呵，我要拿纸记下来。九月下面呢，“十月芙蓉对牡丹，十一月梅花对雪开。”那十二月呢？十二月……母亲想了很久，没有说上来。

这些故乡的歌谣，母亲说是听来的，不能记得那么多。母亲没读过几本书，从小喜欢看戏。大概，是从《韩湘子出世》那样的大戏里听来的。母亲能记得这样清楚，还能说出一些细节，真是亏了她，也实在佩服她的记性好。记得小时候坐在家里的门槛上，半懂不懂看她一面铡草一面当着那样的几个人唱过戏。长大了，问起那时的事，说是公社宣传队下来招演员。我笑着说你怎么不去呵，做个本山马兰的，我们也跟着沾沾光不用这么辛苦。母亲却说，那时候娃儿一地的，要吃要喝，能去吗？想想也是，母亲确是个牺牲的妈妈。我到现在唯一记得也还能唱出的，是那样的一句话“小妹子今年一十八呀……”这算是我最早的情歌启蒙。可见得十八岁花样年华，在一个小孩的眼里也是顶好的。

好记性至少有一个好处，那些佛学经书让母亲从此扫了盲。电视里字幕出来，她也能念出清楚的句子，关心地震，关心泥石流，又因为这样的灾难，一颗心恨不能地上的石头也跟了她学佛去。也所以，我忽儿的担心，害怕她这样忽儿亲近的说话，我可是不想要那一早一晚的朝拜呢。但现在，小村姑不知不觉已经掉进了老村姑的陷阱里。小村姑还在得意忘形，这样的母亲让她忽然地来了兴趣。

老扇子拍出了老歌谣。而童年的村庄，就那样从阳光的深处走来。

听妈妈讲那过去的事情

1978年，大人的世界有恢复的高考，有无数的知青回城。而我只说父亲的村庄，母亲的村庄。这一年，父亲的村子里有两件事。年初是填河改田，接着是村子分队。大家选了组长，分好田亩，又在三个小组里搭建各自的猪场。

远远地，看到机耕路上一头黑色的野猪，一个小脚的老太太。后来听说，那猪是迷路了，从对河山上下来被人一路赶着慌了神，连过了几个村庄。野猪看到老太太迎面而来挡住了路，慌慌地照人就咬，就听到老太太喊叫。听说野猪来了，男人们就兴奋，拿了锄头、棒子往那边追赶。野猪丢下老太太，又跑。大伙一路嘍嘍地赶，越过稻田水沟、菜地，到了村子东边的祖坟地，野猪左奔右突，不料落到一个高坎之下出不来，终是被人叉了去。那一天，是队上的狂欢节。队上三个小组各分了十多斤肉。在大集体时代，农民终年忙碌，生活难见丰厚，肉还是稀罕的东西，更别说野猪肉。倒霉的是那个老太太，被野猪吓个半死。还有一个外村的男人，猪肉没吃到，却被野猪咬了。母亲说起那个吃饭的场景，一个队男女老少几十人，猪肉白菜一大锅炖了热热闹闹地下酒吃。

无论如何，野猪于我却是蒸发的记忆。母亲也是平生第一次吃到这样的野味。年幼时跟大人逃荒，不说野味，自己不被“野味们”吃了去便是万幸了。

1949 年，母亲七岁，在她姥姥的家族里有一个“瞎子姨”，晚上起夜，不想棚子里窜出一只觅食的豺狗，一下咬着“瞎子姨”的喉管往山里拖。听到“瞎子姨”惨叫，家里人就起来赶紧拿了叉和扁担追赶。豺狗想来也怕人，看到人多起来，就松了口。“瞎子姨”捡回了一条命。不想，1960 年大饥荒，“瞎子姨”还是被饿死了。

一直以为，豺狗就是歌里唱着的豺狼。才知道，豺是豺，狼是狼。豺比狼小，它们是两种动物，同属犬科，却又同样的凶残。母亲说，小时候，常有大人吓唬调皮的孩子“再不听话，当心豺狗吃了去！”母亲又说到她姥姥的婆母的妹妹，有一个小孙女。1958 年，那小孙女十二岁，住在近傍的一个村里。母亲说，那时的山里荒山秃秃，不说像样的林木，烧柴都困难。每年一到开春三四月，一冬的柴草就用完了，大人就要小孩子们结伴往山里去捡柴。不想，那一年，山上大白天又出来一只吃人的豺狗，孩子们四散逃命。男孩子跑得快，胆大地跳到了水里。可怜那小孙女跑不动被这恶物活活地咬去。等大人找到地方，山土上血迹斑斑，山刺上挂着血淋淋的肠子，好好的孩子没影了。

比起“瞎子姨”和那个小孙女，母亲却是幸运多了。虽说，外公在解放之初就卖掉了手里不多的田地，土改复查还是被划成了地主。常要接受命令去山里各个村子发布消息，做些当差跑腿的事。有时外公不在，外婆小脚走不动，就只好由母亲来代劳。母亲当时还只有十一岁。

“嘿啦啦啦啦，嘿啦啦啦，天空出彩霞呀，地上开红花呀。”

母亲常要一路克制内心的恐惧，哼着歌谣代替外公翻过那些常有野兽出没的山岭，通知山里的群众来开大会。在母亲的叙述里，那一年，一切所有全归集体。男劳力一餐五两米，女劳力四两，小孩子只有一两多，大人小孩总是吃不饱。那真是饥肠辘辘的村庄。

1960年，母亲十八岁，田里地里都是个好把式。因为母亲记性好，什么东西一看就会，外面做事的机会就多。母亲当过兽牧防疫员、养猪员、公社宣传队员。甚至，还在区里的直属兵团做过事。那时的社员流动作战，人员随时调遣。母亲和一帮年轻的突击队员常被抽调出来修塘坝、筑水库等，似乎都是光荣的任务。常常，母亲把自己的午饭省下来，翻山越岭带着去给外公吃。母亲有两个妹妹，一天到晚坐在食堂的门口等饭吃，食堂的铃一响，小的那个就跑回来通知："姆妈，打噹了。"打噹就表示食堂开饭了。食堂里汤菜少油，小的那个就诉苦"姆妈，这一点点饭，吃了和冇吃一样，还是饿呵！"外婆就一个碗里分出一点点。那时的大人也没办法，孩子们只能自生自灭。有时饿慌了，去水边田里找些可食的茎。然而，母亲的那个小妹终是抗不住，饥饿加上一场突然的疾病夺去了她小小的生命。

很多时候，我总以为我明白了母亲。但时至今日，我依然都不能算是穿透时光明白了她。母亲让我看到了一种珍视，对亲人的珍视，对粮食的珍视。即使现在，母亲总是舍不得，看不得剩饭剩菜的浪费。掉在桌上的饭粒，母亲常是不由分说捡起来吃。剩饭剩菜，母亲也总是留着自己吃。相比起来，我总觉得自己比上一辈科学，比她高明。但当我在母亲的叙述里走进那个时代，才有那么一点点明白，我不禁双眼潮湿。母亲在养猪场里干活时，有洗净煮好的红薯、大豆，那都是猪食里开出的"小灶"。有时天黑了，布围腰里偷偷藏一点带回家，接济体弱多病的外婆和小舅。

母亲是心善的。她如此珍视那一个家庭。自出生到长大，母亲从山里的村庄嫁到平原的村子。之前是跑日本，之后是随同自己的村庄走过了一段贫穷的岁月。从农村大食堂，三年困难时期再到农民自己在家里生火做饭，那所有贫寒的日子让母亲一世勤俭，看不得随便的浪费，也不懂起码的享受，有饭吃有衣穿，有简简单单的日子，她就心满意足了。母亲在平原上父亲的村子里度过了将近五十年的时光。我相信，当年那个横穿山林逃开野兽、逃开饥饿的可怜母亲，她的平安长大、健康到老，本身就已是神灵护佑的一个奇迹。

无论时光怎样流逝，我希望这样的奇迹一直延续。

母亲说，现在的山里荒草齐膝，树木成林，人在那样的地方行走，心里还是跟从前一样的怯惧。但现在，山里人家日子好多了，再不用拾柴刈草地度日。可是，不说平原的村庄，就是母亲娘家山里也再没见过那样怕人的山兽，谁也不知道它们是否绝迹。

梦幻老屋

一

汽车顺了 107 国道一路东行。

当它从大片连绵的山岭、田野间又切开一道长的丘陵，紧跟着爬过一座长的河桥，之后，就进入了一片平原绿野的世界。远远的房子，白墙青瓦。越过大片的蔬菜基地，眺望。然而，两三里开外，绿地的那端，已经不见了那幢白色的房子，也不见了我的“十二棵橡树”——那一排仪仗队般标致齐整的水杉。空白里零乱堆陈的砖瓦，隐约忙碌的人影。终于明白了，母亲在电话里那样固执的召唤。踩在新翻的泥土上，跨过袒露的沟槽，我招呼着正在帮忙挖沟、下脚的乡邻。那是 2001 年的夏天。池塘边的橘树还在，挂了些小果。隐隐地，还有些橘的香。

父母拆掉的，是 1985 年我们家从村后搬到村前时修建的老屋。

父母拆老屋，盖新房，我是接到母亲的电话才知道。

我们家更早的老屋在村后。

靠在村北的渠边。合抱粗的大樟树底下，一截入水的石板。顺石板路而上，十多步台阶之后，一条小径穿过林木摇曳的园子，就到了老屋的后门。老屋低矮，青瓦木檩子，六七十年代普遍的连三间结构。听母亲说，做那房子时，跟父亲才刚结婚没多久。两边家庭都是困难，没什么帮衬。钱是东挪西借，砖瓦木材是燕子衔泥。

我们兄妹六人都在那老屋里出生长大。

记得堂屋门外左边墙上，有方方正正自上而下的一列字，大概是清水村竹菴队某政治夜校之类的。出嫁的姑妈回忆，那时农民白天忙田里，晚上忙屋里，还要上夜校开会背语录，打起精神搞学习。西边父母的房间，床铺是那时农村常见的，老式床，三面围子，门屏雕花，上嵌花鸟图画。衣柜也是红漆雕花，带老式铜锁，中间是抽屉，下层盖板带底箱。柜里除了衣服，又还有好些的毛主席像。一色大小，布质，白底淡墨印染。我不知道这样的画像是怎么来的，又怎么在父母的衣柜里。

记得有一次，父亲在那个礼堂里作报告，声音透过喇叭，电流的鸣音，回声，在礼堂，也在我的心上。门前地坪，多的是苦楝树。无论冬夏，树上高处总挂着些果子。夏天青绿，冬天褐黄。一阵风过，果子掉在面前。少不得脚步放缓，凝神观望，尝了那“果”的味道。

离开村后多年了，老屋的样子已然模糊，唯有后园子清新，常在梦里。

园里草木四时成阴。我最爱的是竹子。竹子纤纤成片，都是那种细细密密长不高的。父亲手巧，有时做出个大扫帚。我们用它扫地坪，扫房子。竹子到母亲的手里，是专门管教我们的“神器”。有那么一年，后园子里有的竹子开花了。我和姐姐在竹林里捡吃过粉的竹米，那不是地下的竹笋，也不是叶上的嫩芽。我们住在老屋时，竹子终年茂盛，不曾有过枯萎的事。我刚从外婆家回来的那一年，大概五六岁，肚子饿了，在后园子里吃过一地的蛇莓红果。转到祖父祖母那边的老堂屋里，门背后停留，又吃过墙上的灰尘。婶婶偶然见了，忙阻止。过些年，看到《百年孤独》，加西亚·马尔克斯的伟大，细节的真实与丰盈，就让我联想到自己的少年时代，尽管羞于承认，我也是那个一度贫穷饥饿、贪吃墙土的女孩。

老屋，是少年静读的时光。

那时，在哥姐的书包里看过完整的《红楼梦》，又有《封神榜》《隋唐演义》。这些萌生了我对文字的欢喜，也是我最早的文学启蒙之地。又还看到些言辞热辣的信件，夹带一张挎手枪的警卫战士的相片。有人说，那是北岸陶庄当兵的小伙，又说，其实是前面村子的，姓袁。这是大姐的书包。不大清楚大姐当年的恋爱，只知道，大姐是十里八乡数得着的美人儿。我有足够的理由来同情大姐。大姐的爱情，是隔了千山万水的等待。大姐的文章，也真是文采斐然。大姐的恋爱对象，也就是我后来的大姐夫。遗憾的是，大姐夫三十岁，年纪轻轻就去世了。当然，这都是发生在 20 世纪 80 年代村子后头，我们家老屋里的琐碎事儿。

住老屋时，父母除种田之外，还饲养生猪，做雄黄炮，种植荸荠、莲藕，用新鲜的芋头梗去叶，压制酸菜……田里地里，父母一年四季手脚不停，收获的东西一担担，上到城里的菜市。家里的生活虽没有入不敷出的尴尬，负担仍然是重的。一大家子在村后老屋里，围在小木桌边吃饭的场景，母亲给我们一个个夹菜。母亲偶尔也感叹，放在从前，公社大队靠工分吃饭的年代，你们一个个还念书，不喝西北风才怪！母亲的话很实在。应该说，我们真的是农村实行联产承包责任制以后，直接受益得“解放”的一代。在国家尊重知识，尊重人才，改革开放的大时代里，能够完整而系统地接受学校提供的全部教育，能够在将来念上大学走上各自的工作岗位，已是世代农耕的祖辈不曾料想的幸事。

老屋在村后，而水井在村前。家里一到水缸露底了，母亲就要吩咐，去村前水井挑水回家。我读初中十多岁，跟哥姐一样也挑过水。说是挑水，其实在井边玩耍。绳子下去，小木桶荡到了水面，哗啦一声绸缎撕开，天光云影全在里面，亮晃晃的，全变形了。水面平静，小木桶接着下去动静更大，井壁的青苔跟着水面的波纹摇来荡去，起伏不停。井水冬天暖和，夏天出来沁凉的，可以在水里冰西瓜。家里水缸大，一次总是挑不满，屋场地坪间要跑五六趟。

有一天，父母宣布了一个重要决定，向水井靠近，要在村头盖新房。我可是舍不得后园子，舍不得那些青灰的石板，翠的竹子，高高的槐。流逝的岁月，将会给它们烙上怎样的荒凉呢？父母盖房的决定，偏是铁打的营盘。

80年代，农村人做房子，砖自制的多，前期的准备是踩泥。父亲在田坎下围一块地，泥地里引水，湿透了，撒上些稻草，布片蒙上牛的眼睛，人在后面赶着，让它来来回回在泥地里踩。踩好了，择个好天，案板一支，棚子挑起，就可以打砖坯。打砖坯的事，村里的汉子或家里的亲戚往往来帮忙。我在棚子外面，隔着案板，就喜欢看那扬起的泥坯被人高高地举过头顶，“啪”一声，泥坯山响地下来，甩在一个木制的模子里，顺手，弓子一刮，双手一提，模子取开，砖坯留在板子上，《水浒》里行事的汉子般，潇洒干脆。

有时赶日头，有时赶天气，大人就吆喝了案板那头搬运泥坯的孩子们。我们打了赤脚来回飞快地跑。磕磕绊绊的田埂上，泥猴一样飞跑的我们。在待到归家的欢喜里，夕阳的余晖和着田间地头的轻风，轻轻地，打上我们灿烂而满足的笑脸。砖坯棱角分明，一层层码在田间地头。时候到了，村里的大人小孩又来帮忙，砖坯垒上去，窑绳箍起来，围成了一个简单的砖窑。窑口各处添柴加火，窑顶冒烟，开始烧窑了，得请经验老到的师傅看。这样，家里先有了砖，后来，又有了瓦，接着，父亲从城里运来了钢筋水泥。不久，七七八八的建材也齐了，远远近近的亲戚也来了，定下日子，在村头的房子就动工了。

1985 年，金秋，村后的老屋拆掉了，后园子的风光从此不再。

二

忙碌过后，一幢白色的，带廊柱的两层楼房，惹眼地在村前矗立起来。带白色廊柱的两层楼房，是我们全家勤劳向上的骄傲。许多个假日的夜晚，一家人在门前地坪里乘凉，母亲拍打着扇子，地坪里有新鲜艾草燃烧的清香。我听着哥哥唱着《小小少年》，听着姐姐唱《冬天里的一把火》。往事，温情，就像夏夜的轻风，拂过门前的水塘，点亮了满天的星子。生活明显的改善，厨房的案板上，隔三差五有了难得的荤菜。我在村头的书房里，偏是做着别样的梦。一面是有了自己的书房，一面是不得有自由观“书”的烦恼。长长的假日比不得学校，母亲时有威严的巡视，母亲的专制反而激起我更大的好奇。古典的章回体看得差不多了，又迷上了巴尔扎克。甚至，另类的武侠也喜欢。

虽然，在村头的房子里，母亲是以她独有的专断剥夺了我诸多的“不务正业”，虽然，我也一度怨过母亲的严厉，可是，当我飞鸟一般行走在一个更加广阔的天地，我对一个农家妇女的狭隘有了真心的认同，不是母亲，我永远走不出广阔的农村。

在这片希望的田野上，我年迈的双亲又开始了他们第三次的筹建——拆掉村头的老屋，在原址之上建新的房子。那时的农村建房，已告别了 80 年代辛苦摔打、烧窑的历史。农村里活跃着一些素质不错的施工队伍，合同一签，限定的工期一到，房子就结结实实地起来了。

帮忙的表妹在池塘对岸的菜地里招手。

我从地坪里堆放的砖瓦间小心地绕过去，帮忙择菜。想起小时候，山林之间奔跑如鹿的小表妹，如今成了我们村里的小媳妇。问她是不是会种菜，都种些什么菜？表妹就扬了眉，笑，不止种菜，还种水田，种瓜地——今年种了一亩西瓜，还没到双抢时就卖了七八百元。再种一季晚稻，比单种稻子划算哪！瞧，公路那边，还定了个蔬菜大棚，三千元一个，钱都是政府拨款，政府出钱出种子，只要我们农民种！又问她，那，明年还种么？表妹忽儿低了声，吃吃地笑，明年要生娃。

八月的微风，自隔岸的塘边送来了一阵橘树的清香。果的枝叶间，看到父母安详的背影。父亲笑着说，要盖一幢更大更好的房子，要带院子，要有自来水、卫生间，崽女们回来了可以放心洗漱的。

村里的楼房越来越多，乡亲们的日子越过越好。

自我们家在村前修起了第一栋楼房始，之后的几十年，村里人陆续都是拆掉自家的老屋，盖起了更为舒适更为现代的楼房。客厅沙发，卧室窗帘，地板、墙面带磁片。房子之外，各家各户架起了有线电视，装起了电话网络，沼气池统一到户，水泥路到地坪。之后，又统一装起了自来水。水井终于填起来，结束了它为整个村庄服务的使命。挑水成了旧时的风景，成了一代人老去的记忆。

三

距离我父母第三次建房，时间不觉又过去了十七年。

父亲不在了，母亲信了佛。清明节回去时，一家人说到房子的事。

嫂子说，房子如果再建，就学习江浙一带别墅的经验，3D 技术打印建房，更快捷，更时尚。村里不多的老屋，现在都已翻新。屋顶、篱笆都是漂亮。村里有热心公益者，有运筹帷幄者，大家有钱者捐钱，有力者出力。村里原来的蔬菜大棚，现在成了无公害葡萄园种植基地，村里有了葡萄园观光长廊，有了高标准沥青路。家风传承，道德新风，社会主义新农村建设，美丽乡村建设在我的娘家清水村传承推行，一以贯之。年初，村里张榜公告，2018 年春节，全村人将在大年三十，在村里新落成的公益大礼堂里一起吃饭，一起过一个热闹团圆的新年。

端午节后，母亲给我带来了四条新鲜黄瓜，一小袋新鲜荔枝，又还有几样父亲的遗物——两个家庭账本，三张房子草图，外加一份清水村财务清理报告。我父亲一生做人清白，家庭账本清清楚楚，记载了父母的家庭开支与人情往来明细。图纸是现在的房子的平面图。看字迹，是父亲当年自己设计并制图。其中，砖、预制板、水泥……每样材料用量及金额，都有详细记载。房子式样，是湘北农村常见的，四四方方，两层砖混结构。村级财务清理报告则有整整十页，分类列项，记载了清水村的重点建设项目明细，呈现的是一位老党员、老村民的责任与良心。我父亲在这份财务报告中写在开篇的话——

各位领导，各位代表：

在上级党委的领导下，清水村村支委一班人，能够团结奋斗，组织全村党员干部和广大人民群众，在建设社会主义新农村中起模范带头作用，去年，村支部：

（一）引进建设新农村大的项目 7 个，总投资近 100 万元。

1. 硬化村组水泥路 3 条，1.5 公里。2. 电网改造。3. 机埠渠圳水泥硬化 2000 多米。4. 学校改造。5. 清洁工程。6. 扩大葡萄种植面积

300多亩。7.春繁制种面积，农民增加收入几十万。

（二）引进资金284000元，做到了资金来源有单位，用途有去向，管理有民主。去年的财务账目通过清理，年底库存187958元，比上一年增加了87358元。

希望村支两委，在新的一年里，再接再厉，再创辉煌，把清水村建设得更好。

我父亲只是一个普通农民，作为一名老党员，自始至终，参与到清水村新农村建设中。村里每年财务盘点、年终决算，上级都是点名要父亲参加。父亲对全村收入与支出，对村民承包收入、上级投资、应收未结、公益开支等等，每年都是账目清楚，记录都具体到村、组、农户个人。对于库存物资，也是都有清楚详细的记载。通过财务账目清理，父亲的结论与建议——“账内无贪污挪用，进出账目手续清楚……建议增收节支，在减轻农民负担上下功夫。财务账目要日清月结，钱账分家。尽可能控制一切不合理的开支。希望村支一班人，团结奋斗，树立全心全意为清水村人服务的思想，在建设社会主义新农村的工作中，多作应有的贡献，明天的清水会更好。”落款时间是2007年5月。其时，父亲应是重病在身。当年7月，医院检查肝癌住院，年底辞别人世。

偶尔回乡，还会转到村后看一看，一大家子在老屋的生活，还清晰如昨。

老屋，在父母一辈，那是他们一生的心血；在村庄，那是一部时代的经典；在我，是旧时光里明亮的底色，是泥土芬芳的抒情，是流逝的时光里不忍翻过的画卷。

我对老屋的致意，如张爱玲在《金锁记》里的话，“三十年前的月亮早已沉了下去，三十年前的人也死了，然而，三十年前的故事还没完。”

漂亮姐姐

城里打工的姐姐寄来了相片，天空一样明亮的蓝色背景，衬着一个漂亮少女的头像。八岁的我拿了相片痴痴地看，跳过姐姐的酒窝，姐姐的小虎牙，就看着姐姐温柔亲切的双眼。姐姐的双眼，如葡萄如大海，那样凝神静气地对着你，温柔而怜惜。姐姐将一个手足无措的我，轻轻拎进了泡满各式艾蒿中药的大木盆里。透过药味腾腾的水雾，看着姐姐温柔的凝视，我放弃了所有挣扎，安静地由着姐姐给出毒的皮肤细细擦拭。

多年以后，听姐姐讲，我那时刚从外婆家来，也许水土不服，炎热的夏天，全身的皮肤突然一天天就看着出水化脓了，几乎烂到没一个好地方，也没人敢近身。我只不相信，拿了光光的臂膀给姐姐看，哪呀、哪呀，姐姐认真了，真就掀衣领看，只好一溜烟逃开。姐姐啧啧嘴，死丫，姐姐刮痧早把你瞧遍了。

从小知道姐姐漂亮，只没有想到，相片里的姐姐会有这样清爽到陌生的美貌。

可是，在我的感觉里，姐姐就像是一朵花，到长成盘发的新娘，忽儿就莫名其妙地谢了。十八岁为爱情离家出走的，是如花的姐姐；太阳里挺着大肚子在农田里卖力收割的，是辛苦的姐姐；对风流丈夫的不检点忍气吞声的，是无奈的姐姐；三十一岁抱了一双儿女丧夫垂泪的，是憔悴的姐姐；107 国道上向过往车辆兜售茶叶蛋的，是孤单的姐姐……

那时，姐很少来我这儿。她是生怕麻烦了我。可来一次，姐姐的温柔总让我想好久。厨房里锅碗瓢盆一样样洗过去，烧黑的水壶擦得亮亮的，厕所恨不得连瓷片缝缝都抠过来刷几遍，衣服被絮翻箱倒柜地挖出来，春夏秋冬地分类浆洗缝补打成包，自己都是做娘的人了，可姐姐一来，还是喜欢乖乖躺下来，也许身子不见得有什么不爽，可就是求着姐姐刮痧来。喜欢姐姐触着我的颈背，喜欢她口里骂着心里叹惜的怜爱。在我的眼里，这样的姐姐就像一把温暖的梳子，总想着你的忙、你的累、你的不适，在所有可能的空隙里，将一切收拾得舒心妥帖。

东莞是一座现代人不会陌生的城市，它容纳汇聚了全国各地来来去去的打工者。

某一年冬天，一个打工的女子决定了不回家过年，黑色的风衣，齐膝的套裙，倚着一方郊外的小桥，让思乡的心情将城市的天空抛得老远——姐姐给我寄来了手织的毛衣，同时也寄来了这样的一张相片。搭车时，毛衣丢了，所幸相片还在。湘北的冬天一样的寒冷，一颗心想着南国的姐姐，常常地温暖。常常拿了姐姐的相片看，看着姐姐乡愁平添的双眼。想着姐姐在城里的时候我在乡下，我在城里的时候，姐却在更远的地方。而那样的一颗心，不知还分作了几瓣。一瓣女儿，一瓣儿子，一瓣是白了头发的父母。剩下的几瓣，还得留给底下的弟妹侄小。孤单的日子总是这样，少不了一个又一个的挂念。

姐姐文化不多，又是三十三岁的年龄，肯定找不到轻松的活路。无论怎样，我终是相信我亲爱的姐姐，生活再难，姐姐都没有倒下过。姐姐打工换过不少的事，灯泡厂、电子厂，后来，鞋厂打工，宿舍里发火，差点出人命，所幸姐姐安然无恙。姐姐很有些后怕地回来，回来了就再没有出去过。从三十一岁时姐夫因公殉职，按政策，姐姐招了工，然后单位不好一直下岗，一个人走到今天。现在，姐的一双儿女都在深圳，生活也有了勉强改观。现在的姐姐，爽朗活泼，走起路来风风火火，办起事来利利索索，生起气来天王老子也不怕。姐姐没读什么书，可她一样把生活安排得充满阳光、富有朝气。前年父亲六十大寿，107 国道上，看到姐姐从一辆亮亮的小车里下来，我一下躲在了一边。其实，我根本没必要这样，我没有理由怀疑我亲爱的姐姐。就算姐姐今后真的恋爱了，那也是她自由的权利。

人生苦短。唯其经历，才成其美好。想到姐姐孤单的人生，心里常要苦闷生痛。对姐姐，我有过失落有过伤感，更有过不少夸张的期待。姐夫过世时，我正看着《胡适传》，有意给姐姐看，希望姐姐明白我的苦心，希望姐姐如胡适的母亲。姐姐终是姐姐，不可能循着我的想象生活。可是，姐姐终是活出了自己人生的风致。从前的姐姐漂亮入眼，现在的姐姐漂亮入心。而我将把永远的祝福，别上她温暖的衣襟！昨夜天凉，忘了盖被，早上起来颈背酸酸的胀，一时想念起姐姐刮痧的好处。可是，姐姐远居深圳，能与姐姐亲情相伴，看来是暂时不得了。

烟火二题

香里乾坤

母亲在旺旺的炉火上炒菜，突然喊巫女，快到园子里摘几根香料来。巫女快快地跑，可是到了那里两手空空地回。“香葱、韭菜都分不清，你怎么读书的！”额头上一叮弓，父亲的手重重的。巫女从此记住了，牛草似的那一片东西里，扁的是韭菜，圆的是香葱。

“六月韭，驴不瞅。”韭菜要吃在春天。香葱、韭菜，是巫女最早接触的香料。其实，西餐里也有香料，不过那太寂寞，没有湘北的市井。在湘北，香（音向）料专指香菜的调料。问过很多人，谁也说不清“香料”这一称谓的来历。

说到香料，大家就心照不宣——只要是调菜的，湘北人就都喊香料。葱、姜、蒜、酱、醋、十三香统统都是。香料的家族蔚为大观。甚至于辣椒也是。辣椒是湘人厚重的一笔。湘人炒菜，喜辣。就像歌里唱着的

“辣妹子辣，辣妹子辣，辣妹子辣妹子辣辣辣。”主席说，不吃辣椒的同志，就不是好同志。

煎、炸、炖、煮，厨房里烟雾袅袅，香料在主人灵巧的手里。

豆腐上加葱，鱼块上加姜加大蒜，红烧钵子里加红辣椒、桂皮、花椒、八角、生抽、陈醋，“香”就是这样一个添加的过程。这样的加，要加得合情合理，就像于坚的《少许》：“靠的是经验，灵感，手感，最后到达的是称心。”

西方美食家却说，任何的菜只要放了酱油，再炒一炒，尝起来，就都是中国菜的味道。

不过，在湘北，辣椒、酱油，确实是寻常人家普遍的香料。湘北的酱厂多，酱油贩子也多。酱油贩子们贩“色”起家，办工厂，盖洋房，多是打一枪换一个地方。“色”是做酱油的原料。小时候，巫女亲眼见识过酱油的秘密。大火上烧水，瓮缸里加盐，加“色”，加豆豉，滚热的开水兑进去，大木棒子左三圈右三圈搅拌，就成了酱油。

那时，巫女家里开店子，人来打酒或买酱油，巫女总是满满的。父亲真是聪明的人，父亲的酱油人人喜欢，颜色好，味道好，也不起白，巫女却是不大吃。不过，酱油的日子终是不可少，如今，只要买酱油，巫女就免不了拿起来望一望，遥望到父亲的酱油，会心一笑。

香料炒菜终是湘人的传统，却也有“香”饭的，那却是巫女。

巫女喜欢异想天开，喜欢荷叶的清香。大人做事去了，回来，菜炒好了，揭锅，开饭。锅盖打开，一大锅米饭，一粒粒全是绿绿的，加了猪油的缘故。大家狐疑满屋，又看又闻，担心人下了毒，就问煮饭的，真的一直在？一直没走开？加的什么？就加了莲蓬叶子？还有猪油？猪油也容不得这样浪费的！就因为那样的一个香，巫女满以为惊喜的一个发明就此夭折。

巫女也喜欢炒菜。巫女炒什么都喜欢放醋、放大蒜。地球人都知道，醋美容，大蒜防癌。巫女的儿子不乐意，眼泪汪汪的，不喜欢香料。菜好了，一个转身，一盘子炒菜扣地上，名副其实的“扣肉”了。巫女是大鱼，怎么都要拿下的。一顿打，对香料，儿子从此服服帖帖。这样的遭遇很相似，巫女似乎是还了当年的一个打。将来儿子还给谁，巫女却是不知道。巫女其实没道理。小到一日三餐，大到婚丧嫁娶，香料就连着湘北人家的普通生活。香里乾坤，万象缤纷。湘北人淳朴，多礼。哪天有空，客来了，就可以见识主人家加香添料的厨房大餐。

萧伯纳说过，“天下的爱没有比爱吃更真诚的了。”

有福的，终是那一张嘴，也是那一个胃。

馒头，馒头，我爱你

巫女有时问母亲，那时候上学吃什么？“饭呵，你一脑壳头发又厚又难梳，梳了头发怕迟到，饭都不吃，饿肚子。”母亲的方言重重的。对于家里的早餐，巫女一直印象模糊，不记得吃过些什么。大概不好吃，或者，就像母亲说的，根本没有吃。大些了，跟二叔一起走亲戚。步行七八里路，到一个河渡口。车子停在宽阔的河面等轮渡。巫女很紧张，不肯上，害怕这样结构巍峨、隆隆响着的大家伙。二叔一把提起来，丢车上。一路哭哭地听到有人说，丫，那里有个洞庭湖，湖边有个塔，到了那里要拜宝塔，拜了宝塔神仙就会保佑你，不怕丢。

车子一路颠簸，终是到了。看见亮亮的一汪水，静静的一座城。城里热闹，铺面繁华。还有那座尖尖的宝塔。巫女没出息，不记得拜没拜宝塔，就记得在主人家里吃馒头。白馒头又松又软，巫女一口气吃三个，还巴巴的。馒头，似乎是城市带给巫女的唯一美味。

上高中了，学校的馒头还稀罕。晚餐之后，晚自习之前，就有馒头卖。学校油水少，大伙似乎都能吃，而且吃不饱。多年以后，同学会上就有人笑“我那时亲眼看到你吃过八两米！”巫女完全不记得，似信非信地笑。那时学校里八个人一桌，大家固定在一席。席长也是轮流当。饭来了，方形的条盒里，筷子画线，八等份，一份就是四两米饭。山地高低的时候，女生从来挑洼地。吃不饱，再来一块是常事。有钱的时候，巫女洗了饭盒就买馒头吃。馒头拿在手里，一面细细地剥着吃，一面踩着一级一级的台阶上教室。馒头，似乎是巫女在学校的唯一美食。

上大学了，馒头可以敞开吃。馒头是学校的“2+1”，二两饭票，加一分钱菜币，就等于学校的一个馒头。第一封家信，巫女东扯西扯，就扯到学校的馒头，从大小，颜色，到比例。“馒头结构大，似乎还便宜。”比高中时候大一倍，圆圆的土包子，却像北方的馍。研究生楼那边来客了，早餐过去打馒头。客人回来吓一跳，桌上就一个大馒头。那时候，学校的早餐应该有很多，巫女就有那么傻，只知道吃馒头。没钱的时候，给家里就写些馒头稀饭的信，这个月缺了多少钱，饭票还有多少，菜票还有几张……

放假了，巫女背一袋子馒头出学校。一声长笛，火车一路昂扬离开都市。到了县城换汽车，远远地望见了那排水杉，一颗心就开始怦怦地跳，巫女肩扛手提，与家人胜利会师。金色的馒头结束“长征”完成了使命。馒头，似乎是大学带给亲人的唯一礼物。

如今，天南海北，巫女不知道吃过了多少的美味早餐，南方小粥、北方水饺、桂林卤粉、上海大排面、兰州牛肉面。但是，过不了多久，巫女就要吃一吃馒头。馒头里的滋味，经久不散。

生长的美

家乡多槐。一到春夏，房前屋后，株株槐树，满开白花。清风徐来，汪洋四溢，串串槐花，纷纷扬扬。春至夏、夏而秋，长长的季节，槐树在家乡万物生长的版图上，站成了一道风景。常常有月圆的夜晚，槐树的清香里，还有萤火虫来去。听得见远处的蛙声、近处的虫鸣，在间或爆发的狗吠里，还可以听槐。槐树底下，不管是某种黑漆漆联想的害怕，还是大毛毛虫跌落于头顶的恐惧，这一切，全都抵不过“听槐”的诱惑。

“听槐”其实就是听故事。听村里资深老人讲故事。童年所有的“听槐”加起来，印象无过于“槐树为媒，仙女成亲”的深刻，深刻的立竿见影。常常，远远地观望。屡屡，从槐树下经过，少不得心头乱跳，一通疾走，目不斜视的专注。想着高高的枝丫里，不要长出个复杂的手来。在家乡欣欣生长的版图上，初升的朝阳、西沉的落日、坦荡的原野，让我怀恋。我开始痴迷于一种纯真的生长，机耕路上笔直的椿树，土垄旁边修长的竹子，洼地边亭亭的水杉，无不吸引我痴痴的目光，独不爱槐。槐树于我，就像五月乡村的漫天晨雾。

某个平常的夏天。我考上了大学。面包车在椿树排排的路上一点点离开。淡淡的伤感，茫然的思绪，让我本能地回头——我惊讶于平坦得夸张的绿野里村头那株高大的槐树，那一抹油画般的绿里，村庄几乎是某种可以忽略的背景。大学生活平平淡淡。我把许多无聊的时间打发在街上的书市、学校的图书馆里。偶尔，往校刊投稿，认识了一个高年级男孩，校刊上常常能读到男孩的作品，工科生少有的文笔。想起了家乡的槐树。槐树于我，始终只能是一道凭栏远眺的风景。也许，就像两棵生长的树，隔着河岸。水杉也许会欣赏槐树的深沉，却不可能喜欢槐树的复杂，只有那样复杂的心思，才开得出那样炫耀的花。我无法解释我的拒绝，在最不愿思考的年龄，就像无法解释春天的生长。又一个槐树开花的季节。我打着背包，竭力轻松地想着种种分配的心事。就像一粒种子，我在寻找某种物性的土地，精神的家园。

2000 年的“五一节”，我挎着相机，到乡下。车子爬上某段高坡。一丛山花、一栋农舍、一排水杉，清闲朴素，全无料想，那样静静地待在那儿，沉静而又可爱的生长。我隐在山花之后，水杉之前，拍下一帧小照。照片洗出来，于背面龙飞凤舞“山花的背后是笔直的生长。”一时感念，想起那槐样的男孩。

现在，我终于可以坦然地认同了，在这个多元的世界里，槐有槐的生活，杉有杉的精彩。是槐，就得开花，是杉，就要往上。单薄的生长，享受着自然馈赠的雨露、阳光，唯有健康成长，才是生长的美。

门前土路到三中

一

新墙河南源上游沙港河，北源游港河，两河自平江幕阜山、临湘龙窖山逶迤而下，穿过湘北大地寻常山岭，至七星三港咀，两河交汇，成一湾清流，又西行百十里，流入洞庭湖。南岸长堤随水而行，北岸水随山转，河滩绿洲。自三港咀翻过南岸长堤，沿一条土路，下行五六里，可至清水，这是我父亲的村庄。堤内绿野平畴，水塘如镜。又七里，岔口左转上行，经岳阳县第三中学，西去一里多，可至新墙镇。岔口右行，至长堤，可见旧时矮房、河坡码头、新墙河渡口汩汩流水。

祖父说，民国时候，新墙河一带即是商贾云集之地，水陆交通便利。大船自码头逆水上行，可驮运洋油、洋布至月田、临湘。山里的茶叶、竹子、木材下行出洞庭，可抵三湘四水。新墙镇不大，一横一竖就两条街道。其中一条是石板路，两边店铺青砖黑瓦，有供销社、照相馆、电影院、百货店、裁缝铺、理发店、铁匠铺、包子店、布店……赶集的人流，天下熙熙，皆为利来；天下攘攘，皆为利往。沿石板路而下，可至下街口新墙河边。另一条宽阔，是后来扩建，连接新建的县城。这样的新墙镇，街衢几里，却远近闻名。

那时候，十里八乡的漂亮闺女，以嫁在镇上为荣。我有一个姑奶奶，一个姑外婆，都是做童养媳嫁在下街口。下街口房子老旧，外面都是木门隔板，上带阁楼，光线暗淡。我在那里读书的时候，走石板路，去过一次姑外婆家，就记得吃过的馒头、花卷，其他锅碗瓢盆打铁的物什，全不在心上。五六岁时，我曾被二叔拎上大卡车去走亲戚，坐车害怕，一路哇哇哭叫，到了新墙河码头，抹着眼泪坐轮渡过河到更远的街市。

新墙河流域曾是国军抵御日军的一道防线。湘北会战，新墙河流域炮火连年，百姓遭殃。1944 年，我母亲和父亲被大人挑在箩筐，跟随滚滚的人流，从各自的村庄出来逃难。此逃难，人喊的“跑日本”。门前土路记载了一个民族的苦难与耻辱，也记载了无数军人的血性与悲壮。近几年，在与新墙镇相隔不远的岳阳县荣家湾县城，成立了抗战史料博物馆。有学者、专家深入民间，抢救性打捞、收集战争中人物故事及战争用品，一条河流被时光遮掩的历史完全打开，永载史册。

1957 年，岳阳县政府调派资金，委派专人，在离当年战争所在地之一——新墙镇相公岭不远的虱子岭上选址建校，和平时代，新墙河畔从此有了琅琅书声，校歌传唱“新墙河畔洞庭东，楼宇林立县三中。”1984 年，我跟随哥姐的步伐，自门前土路，来到三中。

三中在集镇东端。周一至周日上午，是学习时间。周日下午，我在那条土路上匆匆往返。无论是回家，还是返校上晚自习。土路安静，车辆不多。两边庄稼地、菜地、水塘。春天油菜花开，田野清香；秋天稻田金黄，满眼风光。黄昏时候，薄雾流沙跟随暮色，慢慢遮蔽四方。椿树笔直，在道路尽头站成剪影。平原如画，远山隐隐，落日穿过长空，浮在地平线上那遥远的天际。我在这乡间土路上浮想联翩，涌动起少年的诗情。

我读高一的时候，哥哥读高三，常住满姑妈家里。满姑妈嫁到镇上的时候，是 80 年代。姑父是镇上菜农，除了种地，还下海经商。很多时候，我姑父种菜只是搭脚，兼职又还是贩鱼及杀猪的屠户。暑假农忙，我们有时从门前土路去到镇上，帮满姑妈家打禾插秧。

再往后，受新墙河流域、洞庭湖大水影响，新墙镇政府自这条土路的一端迁至十二公里。十二公里在 107 国道边，有更多的人流、更新的商铺。再不久，荣家湾火车站停开，过往新墙的人流日见寥落，商市、码头慢慢凋零，门前的土路也寂静了许多。

二

1984 年，农村土地已承包到户，家里分到了十二亩水田。最初几年，村里好些人跟父亲一样看报纸，相互走动探听消息。好多人心存疑问，这样下去是不是走了资本主义？父亲胆大，且在“资本主义道路”上走得更远，他发动全家，发展副业。家里成立养猪协会，我们负责放学之后往紫云英地里打猪草，挑野菜。母亲负责铡猪草、割茴藤、煮食并喂养，父亲封之协会会长。我有时帮忙喂食，看着大猪小猪挤一起哼哼唧唧，猪槽里抢食吹着气泡。

弟弟有时骑猪，惹满地鸡叫。

80 年代初期，家里在村前新盖了两层楼，傍路又开了一家商店。每到开学，母亲用木叉车拖米走那条土路送到学校。家里几个孩子，前后五六年都是在三中读书。母亲送米的叉车就在那条土路上年年往返，三中后勤处负责的老师，几乎都认识了我的母亲。

土路穿过田野，笔直地横过 107 国道，往前方伸展。我和母亲一前一后，自家门出来，过谭姓村落，过袁家岭村，再走一段，过一座拱桥，三中林木掩映，已是不远。每至拱桥上坡，母亲扯扯肩带，作势在前端用力，我背书包在后面，用力推车。下坡飞快，土路上一道灰尘，母亲一路跑着，赶紧放下叉车刹板。

我那时以为，我是天下最苦，最剥削了母亲的孩子。

有一次，班会上发言，我提及母亲，内心酸楚。第二天，化学老师卢桂芳来到教室，要我在晚自习前去他家里，就把班会讲过的内容给他家孩子再讲一遍。我跟化学老师的儿子、女儿都是同学，彼此认得。无论怎样推辞，老师不肯，说一定要去。老师的家在学校靠后面，也许是挨近围墙的一栋。我到门口的时候，两位同学早在里间，小方桌前静静等着。我有点紧张，小桌边坐下，就照着稿子磕磕巴巴念了一遍。临出门，老师塞给我一条毛巾、一盒香皂。想起这些，内心惭愧，又满心温暖。多年后，老师同学们仍然称赞我，记得我。

而我知道，这都得益于那条土路，被母亲感动的那条土路。

三

三中，在新墙河畔。

距县城二三十里，距岳阳市六七十里，是城郊结合之所，学校里，农村学生居多。在当时，农家学子要想改变命运，唯一的出路，要么考取大学，要么当兵。考取大学就意味着户口农转非，将来有一份体面的工作，高考是独木桥。加之三中有优良学风，我班里的同学在校都是读书勤奋，学习认真。尤其，农家学子条件艰苦、压力大。教室、食堂两点一线，吃饭、走路都是匆匆。

高一班主任毛昌熹，教物理；高二，语文老师易本新接手班主任，将我们一直带到毕业。易老师中山装笔挺，气质儒雅、普通话标准。朗读课文抑扬顿挫。老师的朗读，让我们从题海里放松，让我们体味到语言的韵律之美。学习之余，易老师还教我们唱歌。《金色盾牌》《驼铃》《在那桃花盛开的地方》等等。易老师参与过《岳阳县志·方言志》编撰。毕业那年，老师曾请过班里的一位同学和我一起暑假返校，给他帮忙几天，那段经历我几近遗忘，不记得编过的书目和内容，但老师的细致、严谨，让我在今后的人生受益匪浅。

作文课上，好的作文，老师作为范文，在全班朗诵。好的句子，老师以水波浪长条线，带小圈圈特别标出。每上作文课，大家互相寻找那些红色的波浪线、小圈圈，是特别开心的事。我的作文常得易老师表扬，得过不少的红色波浪线、小圈圈。

印象中，数学老师钟明星，近视眼镜黑边厚底。偶尔上课，两边裤管卷得一高一低，饶是有趣。物理老师喻良恕，大脸络腮胡。另一位化学老师杨发义，人单薄，个子不高。有一次，头顶伤疤给我们上课。那堂课，杨老师红着眼睛，大概喝了酒，给我们讲授化学电解方程式，电离交换。讲到金属铁离子与氢氧离子发生反应，黑板上示范，写出方程式，感觉形态失真，跟平时大不一样。尤其，写到“Fe”金属铁离子，“F”与“e”两下分家，飘着飞去，引得同学们哄堂大笑。

我读理科，却喜欢语文。班里订过《语文报》，我总是先睹为快。每到开学，新书到手等不及包书，语文书必是从头到尾浏览一遍。青涩的年纪，我是从语文课本读到李商隐，那首千古传诵的“相见时难别亦难”让我心有戚戚。

在学校，一天中最好的时光，是傍晚的时候。下午最后一节课，下课铃声一响，同学们自教学楼蜂拥而出，潮水一般，涌往食堂。食堂里油水不多，四两米饭，也不过是薄薄一层，常有饥肠辘辘之感。晚饭后，有的同学在操场打球；有的三三两两，夹着书本从学校里出来，在附近的田埂菜地走。偶尔，和田间地头的黄瓜、红薯好好亲近一把，亲近得忘形了，就和山色一起到了新墙河畔，或更远的地方。这个时候，教学楼窗口飘出了《北国之春》。

间或，有口琴声、笛子声，声声传来，时隐时闻。

曾记得，班级组织过一次活动，到过岳阳。我们一起在岳阳楼前读《岳阳楼记》，在岳阳楼前合影留念。同学之间，也相互走动。秋收时候，我喊了班里的几位同学，从那条土路来到家里，帮父母收割。稻田辛苦，同学们割禾抱把，个个乐呵。记得有一位女同学家住新墙镇上，走读，身材窈窕，歌声悦耳。

我也去过同学家玩。最远去过岳阳县黄岸乡，是跟同班的一位女同学。我们一起搭车，到山里，然后坐船。人在船上，看铁山水库，泛起阵阵涟漪。女同学家热情好客，丝瓜花、扁豆花挂在篱笆，还飘在今天的梦里。

当年的少男少女，如今已人到中年。回想门前土路到三中度过的时光，是我一生的珍藏。

非常假期

早上七点，手机闹铃准点响起，湘北平原上一所普通的两层楼民宅，红瓦白墙，地坪前有树，树下有塘，水塘过去是大片的田地。更远的地方，一道河堤蜿蜒而去，像一条柔情的臂膀，将这片原野揽在她温厚的怀抱。天色很亮了，我还在被子里一动不动，想起小时候，那个被我拆过无数次的小闹钟，不禁笑了。

隔壁房里有了动静，接着是小侄女一连串清脆的童音——呀，白了，全白了，下雪了！儿子一骨碌从床上爬起来，手忙脚乱地穿衣服，两个小土匪咚咚踩着楼板冲下楼去。不记得哪里看到的一句话："新年的第一场雪，是要与心爱的人一同漫步的。"如今，窗外的雪陡然而来，我在这样的心思里打了个转。两个小土匪在前坪堆了个雪人，很可惜，没有口红，也没有更好的手艺。

一天无所事事，雪人在外头，我在屋里。

很快夜幕降临。一家人围在火桌边嗑瓜子。如果不是后屋的育英姐突然进来，也许这一天就这样过去了。育英姐一边喊着拜年，一边冲二姐说，国旗回来啦，喊你去坐呢！

我们这村，在外头出息的不少。就出嫁的姑娘而言，回来的机会少，见面的机会自然更少。国旗不同，他既是二姐的同学，又是她同村的玩伴，十七岁当兵出去，一根笔杆打天下，冲这点，我打心眼儿里佩服。跟着姐姐们去串门，听听他的传奇，看看他的现状，未尝不是一件好事。姐姐的童年玩伴我记不得太多，印象深的有两个，一个是波涛叔，那时的波涛叔能歌善舞，比我们高一辈，活脱脱就是那红色怀旧片里的文艺青年，再一个是国旗。

暑假双抢累了的时候，大伙从自家责任田里爬上田坎聚一块，绿阴底下，我听着哥姐们谈天说地，开心忘形。夏日的轻风，吹过来阵阵“歌谣”，有时是哪位倒霉的老师，有时是村里那位可怜的疯子。这当中，少不了会有国旗的“杰作”。都是少不更事的年纪，单纯的讽刺挖苦也是快乐，不要理由，也没有道理。没提防，国旗跟我说，“瞧，你一脸的弥勒佛呢。”

这是我第一次领教国旗说话的厉害，平和的词语，用在不一样的地方，居然会有这样的“威力”。这“威力”让我着实惭愧了不少日子，因为，那时的我，实在是胖得可以。时隔八年，我们都在想，转业之后的他，会有些怎样的变化？

听育英姐讲，如今的国旗，已经是个了不得的大官了。在他家的火塘边坐定，我一面留意着他家的老屋，一面静静地听他们闲谈。由他家的老屋，联想到他家的园子以前栽过李树，李子成熟的时候，那种披红挂绿，年年都勾引得篱笆外面的娃娃们垂涎三尺。转眼，当年的娃娃们，长成了老屋底下的这帮姑娘——育英姐婚姻坎坷，我诸事不顺，唯有二姐，算得圆圆满满。南方多年，国旗也变了，整个人肤色黝黑，棱角分明，和大街上走着的那些广东人没什么区别。大家在彼此亲切的交谈里，回味儿时快乐的影像。

晚上做了一个梦。

我、二姐、国旗，还有村里不少的人，在一个教室里上课，国旗的桌上摆了很多书，姐姐梳着年轻时漂亮的刘海，正受着老师的嘉奖。我在姐姐的光环里，默不作声，默默关注。醒来不免发呆。到国旗家去，原是抱着一腔热望，恨不能叫他指一条现成的路来。不料到头来，还是一头雾水。我记得国旗对我讲过的话“宁做鸡头，不做凤尾”，说自己高中毕业呆在家里，城里工作的叔叔看中了他，让他到跟前做事去，国旗一口回绝，坚决当兵，去找自己的天地。我不是国旗，没有抛开一切的勇气，我希望成功，又希望生活不至于反叛。我想飞，又希望离生活的轴心不至于太远。

窗外，是2005年的第一场大雪。好多年没有见过这样的雪了。白雪覆盖的屋顶，屋顶下堆过的雪人，还有梦中的姐姐和玩伴，那样飘过的雪花，覆盖了村路，天地交融，冰雪晶莹，这是一个非常的假期。忽然想起登山人的一句话：“我能把自己挂在壁上十几个小时，你能吗？”

而我，用了近二十年的时间喜欢同一样事。

竹马，或我的五弟

一

娘和五弟来的时候是晴天。

娘的样子我还记得，长辫子乌黑油亮。五弟身形瘦弱，我完全不记得有过这样的弟弟。脸上身上那么瘦，瘦得只叫人担心。小胳膊小腿一刻不停，随时要跑动的样子。五弟走路不似常人的平稳。据说，来自一场可怕的高烧。左腿弱些。全身的重量集于脚尖的一瞬，行走的结果就有些微踮，也经不起磕绊——无论是平地里普通的石砾，还是散布了禽粪的坑洼。不留心是不打紧的。然而，五弟潜在的异常，还是引起了我的注意。

在我目不转睛地打量着五弟时，五弟也在观察着我，那种兴奋的、不确定的迟疑，那种眼睛里扑闪的难为情的神色，我都是熟悉的。五弟在阳光铺洒的晒坪里望着我走近了，莞尔羞涩地笑，瘦瘦的小手，忽儿从背后伸过来——手也许不太干净，掉色的蓝布袖口也许还脱了线。然而，这些一点也影响不到——那一枚如此新鲜闪亮的叶子！那样漂亮的叶子，含到嘴里，甜丝丝的，五弟一把伸过来，给了我。这样的情形，也许就是我们姐弟的“相识”。当然，这样的“相识”远不止一次。然而，在或长或短的间距里，我们的“相识”，想来也大抵如此。

二

娘把我带回几近忘记的本来的家。

房前屋后，那么多开阔的水田，那么多闪闪的池塘一派炫目的光亮。在牵牛花开满篱笆的季节，在荷叶田布满池塘的季节，连空气都是清香的。大自然生机勃勃，让我一次次觉到幸福，让我整个地眼花缭乱，心里慌慌。

常常，我和五弟在晌午村人的瞌睡里，像两只机警的耗子。树上的知了，水沟的鱼虾，园门边新结的果子，水塘边够得着够不着的莲蓬，不管自家的人家的，同巢之鸟的默契很让人兴奋。短暂的意志与矛盾的害怕，顶什么用呢？

李家老四自打遭遇了水里岸上不打招呼的两样东西，许多的忘乎所以就开始一点点收敛，且从此提防。水蛭无声，在水中游弋。毛毛虫栖于岸上，枝条叶片不那么当眼的地方。五弟甘愿吃亏又似乎无所畏惧，那些“上天入地”的冒险，他真是手舞足蹈的兴奋。然而，这样的兴奋往往在大人的一声棒喝里戛然而止。我是干净飞快地跑，五弟腿脚不便，甚至于还未上岸就被人逮到。娘的斥呵如夏天的急雨，让人无限惊慌。然而，一转头，在多少有些羞愧的对望里，在一串串再也掩不住的哈哈里，将干未干的眼泪，腿上的灼痛，甚至于才待复活的“羞耻心”，很快地泯灭，烟消云散。

五弟只要出去就是鸡飞狗跳。哪里的猫猫狗狗都要打打招呼“关心”一下，跟村里同年伙伴一处玩耍游戏常在下风。落井下石，群起攻之，不讲道理，这都是同年伙伴中常有的，五弟常是灰头土脸地回来。娘一天到晚做事忙，有时看到五弟衣衫褴褛一脸脏兮兮回来，才刚缝好的衣服又破了，就气不打一处来，一顿家伙又上身了。

我对这时的五弟毫不同情，因为觉到五弟的可恨，成了全家的羞耻。五弟实在太好跑了。“跷摆子”成了五弟的外号。在父母的村庄，人们一度忘了他原来的名字。五弟挨打不长记性。村里热闹照看，回来眉眼是笑，格外话多。到上小学了，五弟在教室里同样坐不住。校里校外，本村外村，甭管认得不认得，碰到的欺负常是同样。次数多了，任父母打骂，五弟不肯上学了。

五弟辍学的时候，正是20世纪80年代，农村分田到户。大集体分家，东西不好分配，村人的办法是“摸坨抓阄”。东西好坏搭配，纸上写好，捏成小团丢一处，盘子和动，顺序打乱。写的看的都是盯着，然而都不记得了，这才开始。这办法原始，但管用，大家摸到什么是什么，谁都不怨。家里的那条小牛犊，据说就是父母抓阄分来的。我们全家围着它。五弟也是这里摸摸，那里看看。小牛犊全身毛色细密、黑得发亮。小脑袋上两个小耳朵，精灵似的，有时贴上耳根，有时又那样顽皮地立着。五弟辍学在家，刚好得了这放牛的空缺。门前水塘清澈。春夏之间，五弟牵它往新草之所。秋冬草枯，五弟给它投食晒干的稻草。水塘干水的时候，五弟就端盆打水，给它洗澡。

我们在学校，五弟跟父母在家里。家里田多。春播种，夏长嬴，秋收获，冬归仓……

那些农活一年四季是忙不完的。而以父母的挑剔，五弟是怎么都做不好的。分田到户，让父母在最初的喜悦之后看到的事实是，五弟肩不能挑，手不能提，根本做不了农田的重事。五弟的前途成了家人的心病。

五弟在家唯一喜欢的是放牛。少年的五弟，十六七岁，依然瘦弱，没什么变化，然而，已是方圆几十里人所共知的放牛郎了。

新墙河对岸河洲，洲上水草丰美。

新墙河自东而西流到这里，地势开阔，绕一个大弯，成一处天然的绿洲。

和五弟到河洲放牛，我能记得的只有两次。

一次水浅，我提凉鞋，五弟牵牛，两人蹚水而过。

另一次水深，五弟说我不能过河，自己牵牛下去，要我在大堤上等他。河面泛起水花，首先没过了牛的四肢，跟着是牛的肚子。到河心了，牛和五弟成了黑点。水面快要漫过牛背了，我喊五弟返回。可是，牛身一矮，也许是遭遇了暗流或是踩到了深坑，五弟一下从牛背上滑下来，掉在河里。我在岸上，不会游泳，只能眼巴巴望着。

现在，小主人漂在水面，牛也顺流而下，到了五弟的前面。五弟捉住牛身。可是肩上的雨伞一下又漂出来，随水而下，漂出老远。五弟在河面上徒然拍打，想追不能，只好放弃。到这时，五弟才掉转脑袋朝着我笑笑，一脸羞愧的样子。河面上一大一小，两个黑点愈来愈远。五弟在牛身背后，双手捉着那牛的尾巴，身子被牛带起，慢慢漂到了河的对岸。

我后来觉得，这牛劳苦功高。当年大集体分家时，还只是个小牛犊，才几年时间，两边牛角慢慢挑出，样子威武，长成了庞然大物。在农家延续了千年的农事里，牛开始学习并进入角色，除了父母家里的水田，又还有叔叔和姐姐家里的水田。那些犁田耙地的农活，让它的脖颈磨出了印痕，也长起了厚茧。年岁愈大，五弟放牛在河上漂过的情形，愈不能忘记。

三

90 年代初，我大学毕业进入工厂。

第一次走近工人群体，并成为其中的一员。工业社会的规则、经验前所未有，直逼人心。它是燃烧的，也是冰冷的；它是简单的，也是复杂的。时至今日，我用自己的三观回望，依然觉得，那是一个巨大、敞开而又无可融入的天坑。

数年之后，一场国企改制大潮席卷大江南北。我所寄身的单位也被兼并。伴随单位改制、员工身份置换、工龄买断，那些生活的细碎流波让我觉得，在某种程度上，我和当年的五弟一样也是在一条河流里漂着的。

上班没有了读书时的寒暑假，和五弟见面的机会就更少了。

转眼，时间到了 1994 年。五弟来到我所在的城市，在某家作坊式小店拜过师父，当了学徒。我告诉五弟，有事可以用电话打我的传呼，我只要收到就会回话。五弟腼腆怕生，也嫌麻烦，我的传呼他一次都没打过。五弟的师父开的是广告门店，专营广告标牌，会刻大大的闪光的铜字。

五弟依然是单瘦的。然而，言行举措却有了别样的欢喜。

圆领衫衣的五弟，夹克拉链敞开着。有时干脆脱下来，搭在肩上。走路说话的样子，正像那个年代初进城市的农民工。五弟想以甩起的夹衣向脚下的城市宣告，弱小的没多少文化的他，也在这城里有了他可以做着的喜欢的事情。五弟的困难随之而来。许多的文字是他不认识的，许多的尺码是他不懂的。就连城里人过头的精明，五弟都得用教训一点点买去。有限的认知，处世的方圆，都成了五弟的麻烦。然而，在师父的店铺，在初次跨进城市的欢喜里，五弟的敬业认真，即便轮到给师父师哥长日里煮饭受人取笑，那也是难得的美差。

五弟做梦都想离开农村。

五弟手里，开始有了似懂非懂的书。那时的竹荫街有新华书店，商业大厦对面有外文书店，离我的住所都不是太远。五弟最初买的是《幼学琼林》《三字经》《增广贤文》，后来又买了《康熙字典》，五弟没读几册书，当然看不懂。有时看到五弟还像小时候，一个人拿着字典自话自说，许多念着的都是错字，换上一本新华字典，告诉他偏旁部首的用法。五弟吃住在师父的店铺，偶尔才能到我这里来一下。五弟跟我在一起时，依然话多。我有时听着，有时却是不知所云的敷衍。

有人说，那个年代的城市其实只住着两种人。

一种是有城市户口的人，称为吃“国家粮”（粮店里买米一毛三分八厘钱一市斤）；另一种是没有城市户口的人，称为吃“黑市粮”（粮店里买米大概二三毛钱一市斤）。我深以为然。薄薄的粮本在粮店的威力，就可以一棍子将人打回生活的原形。没有城市户口的人，想在城里生活，那就要花费更高的成本。村里的一个堂叔，身体条件远比五弟还差，同样是小儿麻痹症。因为有城市户口，不仅在城里上班招了工，还讨了个漂亮的农村媳妇。

五弟羡慕自己的哥姐因为高考改变命运，在城市工作并生活。五弟对我的感叹，姐姐你不知道呵，我就是扫大街，都愿意留在城市里。五弟这话，让我在后来许多的日子里感觉心痛，让我觉得，五弟在不久之后的回乡是多么的不甘。虽然，我那时已在城里上班，但还在自己打拼，城里也没有可帮的亲戚。一面觉到命运的巨大不可知，一面又真心遗憾，没有能力帮五弟在城里找到谋生的事情，更别说解决他的城市户口。

五弟最后一次过来告诉我，他师父的店铺解散了。也许是规划的原因，也许是门面到期，但我想，那样的手工刻字，应是被后来更为先进的广告门店所淘汰了。五弟的学徒生涯，还不到几个月时间就匆匆打上了句号。五弟沿着椿树排排的路，回了家。

四

五弟那时有二十出头了。

在我们老家的习惯，男孩子早在十八九岁就该定亲说媳妇。家里开始为这事忙活起来。媒婆说过几家，都不能中意。我们的建议，五弟身子弱，条件摆着，也没什么文化，不能太挑剔。人家将就过得去，健康，人品好，就行了。首先想到的，是小河对岸姑妈家那边村子里，那位唱夜歌的女孩子，年纪相当，人老实，夜歌唱得有口皆碑。职业不打紧，问题是年纪轻轻满头白发。书上写的，白化病，又称“羊白头”，遗传后代。这事作罢。

又相了个人家，是山里的。亲家会面，两家孩子彼此看过，都是满意。日子说好，五弟上门送礼，正式提亲。五弟去时，娘捏了把汗，一遍遍，教给他各样礼数。回来了，娘问他：“进门吃的什么？”五弟说，吃的荷包蛋。在我们那里，鸡蛋也是藏着的盛情。新女婿第一次上门，走未来岳母娘家，如果是进门吃茶，那女方的意思可能是不中意甚至是婉言谢绝；如果是吃蛋，那就是基本满意；而如果是一碗荷包蛋，那就是相当满意的了。娘听说是吃蛋就放了心。家里赶着日子请来木匠打家具，做油漆，添置东西。

婚礼头天，我在五弟的新房里，帮忙打扫，布置新房。

首先，屋顶中央挂起箔纸大彩球，彩条牵出，往屋顶四角，挂好固定。然后贴喜字。木门、窗子、组合家具、新镜子、新桶子、新茶瓶、新茶杯、新脸盆各样家什，都要贴。五弟盘算着买来的喜字不够用，自己动手，将一张张红纸四边裁好，叠整齐，剪刀一来一去，剪纸一层层揭开，一个个大红双喜字，样子周周正正就那样出来了。我没想到农田里做事笨笨的五弟会剪字，表示开心的惊叹。尤其，那样贴喜字的样子，懂事、用心，让我一时觉得五弟真是满腹柔情地长大了。

我甚至开起五弟的玩笑。那满房的喜字，似乎全是五弟心里流出的欢喜。

可是，五弟的欢喜如此短暂。数月之后，那个夏天的黄昏，我坐在下班的班车上，窗外是闪过的梧桐和一幕幕流逝的街景，忽然，一阵难以名状的心悸就那样袭来，空气是压迫的沉重，呼吸都困难。至夜，街市的灯火明灭，二姐打来传呼，我便惊悉了五弟的弃世。

忆起日间的悸动，一切的时间巧合于一起，便觉得，是冥冥之中最后的感应。我选择了纷繁的生活，我忘了五弟，五弟却不忘，于人世与我的辞行。至此，泪便下来，模糊一切。

五弟走的时候，二十四岁。

那天，父母在水田插秧。小“外外”无知，在地坪玩耍，看见他喝下农药。五弟读书不多，留在纸上的笔墨也是不多：“不怪任何人，不爱***！”那样歪歪扭扭的字迹，是五弟在最后时刻，与人世的告别，耗费也拼尽了心力。寥寥数语，依稀可见的是旧时性情，是他隐忍之中的良善。引号中的“***”是五弟的新媳妇。我在这里以梅花星号代替，隐去了她的名字。那位新媳妇，我们总共没见过几次，见到也是笑笑的样子。没有人知道，两个年轻的灵魂背地里有过怎样的纠结？五弟的婚姻，是时间里深锁的谜团。

五弟不知道，现在的村庄土地流转大面积承包，村子成了省级葡萄园种植示范基地，成了全国文明村……那种长鞭之下农耕的辛苦，在父母的村庄已是消逝很久了。如果，五弟能熬过来，不说城里有事做，就算待在农村，现在的日子也丰富，不是从前的单调了。父母原本打算，五弟留在农村生儿育女，给他们养老送终。五弟却是狠心，用一瓶农药抛弃了所有的亲人。

灵堂哀乐声声，打唱的那位，正是当初给五弟说道的女孩。

五

“隆健次子，迪楚，字楚兵，生于1971年（辛亥）农历六月初一日辰时，殁于1995年（乙亥）农历六月廿七日申时。”五弟的生平载于家谱，只有这几句简短的描述。

记得少年骑竹马，踽踽而过是飞花。

五弟没有儿女，新媳妇没人为难，五弟丧事办完，回了她自己的娘家。

五弟留下过一箱子书。那每本书扉页上，都有五弟用毛笔蘸墨写下的自己的名字，字或浓或淡，歪歪斜斜，像是他倾斜而又隐痛的一生。

五弟的那些书，我后来留下一本。过些年，父亲不在了，五弟的图书和箱子也不见了。

又过些年，五弟当年在城里流连的那些书店也是不见了。

一朵花落在山头，一朵花落在河畔，那么多鸟儿飞越田野……

记得少年骑竹马，悲莫悲兮生别离。

我愿意以这样的分行结束现在的文字，并致意我久别人间的弟弟。

喜欢这时的广场 / 喜欢它空无一人的样子 / 像极了一个梦
在此之前，一个突然的声响 / 一只戴在手上的镯子 / 碎得只剩半截
一个小胖墩踩着滑板车 / 在我面前滑过去 / 让我不由自主——
想起，被鸟儿唤醒的黎明 / 在每一个春天 / 余生相隔的光阴
我不妨假设 / 走过的每一步 / 寻觅的每一片光明 / 都是你的
你早已儿女成群 / 在另一个世界，没有今生的残缺

桃木箱子和泛黄的族谱

一

总有几声清脆的鸟鸣。在这样明光倾泻的早晨，窗外，如此安静的小院。每天，我在这样的鸟声里醒来，偶尔在窗前望一望它们，然后，在这城南的一隅，不急不忙，做我该做的一切。

我已经决定了。而现在，却又回头，我必是想起了什么？

如此亲切。

当我回想起老屋，那桃木的箱子，那被我寂然打开，又凝神观看的一本本族谱。还是在父亲生前的家里，那个阁楼上，好奇心让我无意间寻得。

我看到父亲的名字。

溯流而上，直到李氏陇西堂松栎园始祖万甫公的父亲正叟公。

我父亲是清楚族谱来历的。因为，自族谱回来，它就一直交由父亲保管；之前，听说一直在湖北，一个李氏祠堂出去的后人那里。又听说，曾有城里学问很大的人，专程来找父亲，查看族谱。

听我母亲说，20世纪50年代，新墙河北岸有个叫“周桃屋”的村子。那时候，开山造地，不经意间，有个汉子挖到了几口青砖，每口足有尺长，上面都刻有“竹菴”两个字。猜想，是挖到了坟墓边缘。都以为挖到了财宝，一时议论纷纷，摩拳擦掌。刚好，“竹菴李”村有个闺女，嫁在那里。听到“挖了祖坟”的消息，这还了得！立即穿田涉水，回娘家报信。“竹菴李”村的后生们得了消息，义愤填膺，纷纷操起家伙，一刻也不敢耽搁，马不停蹄赶到“周桃屋”村。有族谱为证，挖出刻有“竹菴”两个字的青砖之地，的确是清水村“竹菴李”二十一世祖丹森公竹菴老人的墓地。

松栎园《李氏族谱》载：“二十一世正富长子丹森，字添备，号竹庵。生殁未详，葬三港咀戚家岑茶园坡……”这是“竹庵”之名于族谱的唯一记载。三港咀戚家岑茶园坡，就是此时此地，这个叫“周桃屋”村子的这座小山。一直以来，就有父辈或更早之前的“竹菴李”后裔，去那山上祭奠，从没有间断。一场即将发生的战事，终于，在有识之士的调解下，很快平息。“竹菴李”的祖坟算是躲过了一劫。可山高水长，“竹菴李”的后代也不能天天蹲在那里守护。

争议还在。

一边说，这山是祖宗的产业，是“竹菴李”集体的财产，一定要收回。一边说，这山“大协作”时就在“周桃屋”的名下，好歹也经营了许多年，现在说收回？事情闹得不可开交。政府出面，就有了后来的合约。山，还是归“周桃屋”村管辖，给“竹菴李”村一笔赔偿款，坟原样保留，不容侵犯。只是，人多粥少。这“竹菴李”村拿了钱，也不好安排，干脆，就用这钱挑砖运石，把那祖宗的坟地重新修整了一番。祖宗的钱，用在祖宗的身上，皆大欢喜。

我没有去过族谱所记“竹庵”祖宗的墓地。但，儿时屋墙上随处可见的村名“竹菴”却是停歇在记忆深处。查《古汉语常用字字典》第四版，菴同庵。庵（菴）有两解：一为圆形草屋；一为佛寺。又可特用，为书斋名。

族谱记载，二十一世祖竹菴公这一支，传到二十六世，继十四世亨山公之后，谱上才又有了关于时间的记载。其中，二十六世之熙公生于清康熙四十五年（1706年）丙戌八月十五日，殁于乾隆三年戊午……十四世亨山公生于元末丙子年（1336年），十四世与二十六世相隔十二代，三百七十年。按三十岁一代人算，那么，二十一世祖竹菴公约出生在1546年到1556年间。

查阅明清关于结婚年龄制度，有明太祖洪武令：男十六，女十四。清《大清通礼》：男十六，女十四。那么，按照现在修谱通行的二十五年一代算，二十一世祖竹菴公约出生于1511年到1581年间。这个出生时间跨度也太大。但，可以确定的是，二十一世祖竹菴公李丹森生活在明朝中后期。

——由竹菴公而来的，我父亲村庄的名字“竹菴李”，少说也有四百多年的历史。

相传，竹菴公还在流经这片土地的河流对岸，买下过两处山头。

事实上，松栎园《李氏族谱》也确实记载过这样的两个地方。一处在七星戚家岭茶树园，离之前提到的那个叫“周桃屋”的村子很近，傍山又置下一些田产叫“竹菴陇”，给那里的山民租种；另一处，“大协作”时为新墙五垸乡木林山“付家村”人所有。竹菴公在那山上修建了一个也许叫“桐碧寺”的寺庙，供养僧侣，颐养精神，香火鼎盛之际，僧侣多达百人。

传说终归是传说。

这几处“风水宝地”，按族谱的出场顺序，并不在历史的同一时间点上。

时光倒流。

一场大水过后，新墙河流域响应政府号召，移民建镇。

以河为界。南岸的迁到南边镇上；北岸的按片区划分。一个姚姓的村子，就规划到《李氏族谱》所记的那寺庙所在的山上。现如今，对李氏家族来说，那山那寺庙，只怕是“闻说双溪春尚好，也拟泛轻舟，只恐双溪舴艋舟，载不动许多愁。”

二

站在历史喧嚣的废墟之上，我的眼前万马齐喑。

李姓何其广大。李白有诗赞曰：

> “我李百万叶，柯条布中州。天开青云路，日为苍生忧。”

千里万里，四海之内，李姓同胞，亿万之众。

现在，只说，在洞庭湖畔，在新墙河两岸，方圆百里的李氏族人。

我父亲的村子，是李氏“部落”。每到春节，初一的早晨，家家户户都要派出一两个代表，由长老带领，成群结队，挨家挨户去拜年，每家每户哪怕只是点到为止打个招呼，也要从早走到晚，方才一一拜访到，这是李氏家族传统的节日，也是李氏家族传统的传承。

就像一场庄严的仪式，就像一场交流的盛会。

而在这里，同族的平辈，名字里大多有个共同的东西。比如，我们一辈的女士多为“荣”，男士则为“兵”。父辈用的是“桃”，兴桃、义桃、艳桃……

诗曰：“桃之夭夭，有蕡其实。”又说：“投我以木桃，报之以琼瑶。”

是不是取其美意，又告诫自己不忘做人之根本呢？

“桃”字就像个代数，通配符，或者无序的数集，这也是名字的特色。

名字的主线，在族谱，是按派别，排列有序又自成规矩。但，在这里，这个共同的字，却并不是族谱的派行。

松栎园《李氏族谱》派序

老派——

亨祖志元必　惟正丹尚英　增钟之永大　载时际昇隆

迪光前代　作育群才　诗书咸佩　家道齐昌　用兴俊义

新派——

华国文章　安邦经济　尊贤任能　腾芳拔萃

炎黄开基　明良立极　伟烈宏谟　云蒸霞蔚

1820年、1860年、1891年，七十年间，松栎园李氏家族修了三次谱。一修和五修的时间在六修谱上没有体现。待查。

我的父亲李隆健，字金涛（桃），生于1943年（癸未）农历二月初九日未时，幼小家贫，姊妹众多。但他聪慧过人，自学珠算，业精于勤。及至成家，做砖烧窑，历尽艰辛，三舍建成。村民敬仰，时人羡慕之。

父亲的一生，是勤俭的，是操劳的。

他对自己尤其舍不得。但为村里办事，培育子女读书求学却分外慷慨。

在努力经营好家庭的同时，他不忘热心于乡村建设，修桥铺路，想方设法筹措资金。他以他的精明和智慧，成就了一个小康之家，也赢得了族人的信赖和尊重。村里人家凡大事小事搞不定的事都来找他帮忙，他也乐意为之。

他热心、善良、坚韧，充溢着朴素的智慧之光。

不幸的是，父亲积劳成疾，因病医治无效，于2007年腊月辞别人世。

我的母亲，号荷莲，生于1942年（壬午）农历四月十一日，在方家。她一生追随我的父亲，任劳任怨。教育子女，苦读文章，吃苦耐劳，治家有方。她把她的子女一个一个抚养成人，又一个一个送进高等学府，让他们接受良好的教育。现在，她的儿女们都有了自己的事业和家庭。她还是一如既往，手提肩扛，将一袋一袋的绿色蔬菜送到他们的家中。她总是说，自己家园里种的，没有打农药，吃着放心。

自父亲去世后，母亲开始信仰佛教，时常到寺院小住。偶尔，也长住，协助打理日常杂务。她知道了很多的佛经，有时候会看着那经文念念有词，寺院的功课也做得极好，规律的起居生活，七十多岁的老人，走起路来，依然像风一样。

她常说，要惜福。

她吃斋，念佛，我行我素。开心地往来于那个叫作“竹菴李”的村子和黄莲古寺，以及几个儿女之间，就像小雨来到人间。

现在，我面前放着的是，1992年版《李氏族谱》松栎园六修谱。

继三十六页看到我的父亲和母亲后，又在第四十八页看到我的兄弟们，他们是第三十四世——迪建（建兵）、迪楚（楚兵）、迪勇（勇兵），以及二叔的儿子，我的堂弟迪灿（灿兵）。

这激起我的好奇，按图索骥，溯源而上，我查找出了父亲一支的脉络……

松栎园《李氏族谱》载明：“延及十四代至亨山公，有八子分新墙镇至杨林街沙河两岸，长继祖居肖家湾；次胜祖居石桥头；三慈祖住昌公圹；四寿祖居四六房；五荣祖居官桥段；六朝祖住裕墨门；七元祖住喻家背；八廷祖居竹菴门。此乃‘亨山公’八骏腾飞之胜状，而八房廷祖，又为我新墙七都大段李氏之始祖也。”

亨山公，字仁卿，妣胡氏德英，初赘胡宗甫公家。随置田建屋，夫妇迁居于质库圆，家渐昌炽。生于元末丙子年（公元1336年），殁于明永乐十七年（公元1420年），夫妇合葬屋场旁。现松栎园同派者上下数十门、人丁数万众皆为其后裔。

1992年版松栎园《李氏族谱》显示：

万甫公为岳阳李氏自江西来者之始祖，于五代后唐庄宗同光元年（923年），迁来岳阳巴陵县择地相土而居，距今已有一千零九十四年的历史。更富有传奇色彩的是，万甫公之父正叟公乃李唐子孙。

“昨夜风兼雨，帘帏飒飒秋声。烛残漏断频欹枕，起坐不能平。

世事漫随流水，算来一梦浮生……”

如今，“竹菴李”上了岁数的人，都相继过世。

村子里的祖辈是与他们的祖宗一起，埋在那对河而远的山上。那里，除了立有碑的“竹菴”祖宗，其他的，时间久远，再无迹可寻了。生活所限，“竹菴李”的后人，不用再去那样远着的山上。他们在祖宗打拼来的这片乐土上聚族而居，繁衍生息，随着时光慢慢老去。然后，他们就留在“竹菴李”村子东边、离公路不远的一块高地上。那里躺着的，多是“竹菴李”近三代左右的族亲——他们是这个族谱的“子集”。

有一天，我二叔的儿子——我的堂弟灿兵来和我说，那段去往坟山的路修好了，修宽了。下雨天，再也不用小心翼翼走那窄窄的田埂，走那么长一段的稀泥巴路。我听了很是欣慰。按我母亲的说法，这真是做了一件大好事，积了大功德。

万古人间四月天。

我们回去给父亲扫墓插青。走在“全国文明村”，葡萄园种植基地，那条去往公墓的，新修的宽的乡村路上，看着越来越兴旺的村庄，内心里，幸福涌动。“竹菴李”的日子越过越红火，我们的日子也越来越好，这应该是父辈们愿意看到的。一代更比一代强，是一个家族希望之所在，也是一个民族希望之所在。

三

“昔年怀壮气，提戈初杖节。心随朗日高，志与秋霜洁。

移锋惊电起，转战长河决。营碎落星沉，阵卷横云裂。”

唐·贞观十二年，唐太宗李世民诏令天下，陇西为李姓的郡望。自此，海内外李姓的郡望、堂号均以陇西命名。唐高祖李渊在马背上打江山时，他统率的就是十万关陇军帮他荡平天下，推翻了隋朝。“陇西堂”是李氏家族的荣耀。

“竹庵李”一支也是陇西堂。

《李氏族谱》“李氏陇西堂松栎园始祖源流世系”记载：

正叟公，我始祖万甫公之父也，讳成字孟宾，生于大唐懿宗咸通八年（868 年）戊子岁。昭宗初，官户部尚书，诰封金紫光禄大夫，在任九年。原配祖妣毕氏诰封夫人，继配祖妣付氏亦诰封夫人。原是李唐子孙，当黄巢事变时，避居江西南昌府丰城县，地名：洪洲铁树观磨刀山壁厢街，遂世居之。号洪茫李（应为湖茫李，族谱可能是口口相传之误？）。夫妇俱葬磨刀山。公生子四，长均甫留居磨刀山；次祥甫分居洪州恩田；三清甫分居洪州白马台；唯四子万甫及夫人金氏，于五代后唐庄宗同光元年（923 年）癸未岁，身带祖遗之青红紫绿宝石，从洪州迁来岳州金鹗山，随置新墙松栎园落业。千余年来，后嗣昌衍，散居岳阳各乡镇。故，我万甫公遂为岳阳李氏自江西来者之始祖矣。

正叟公五十五岁时，万甫公告祖辞家，迁往岳阳。

什么原因离开江西到岳阳，没有说，也不清楚。或许是，成家后自立门户。也可能是大环境使然。万甫公带着祖传的青红紫绿宝石，他应该还肩负着继承和重振家族的使命。这青红紫绿宝石也可能是以后寻亲相认的信物，后来，万甫公的遗言证明了这点。

万甫公的出生年月没有明确记载，但他父亲正叟公生于大唐懿宗咸通八年（868 年），往下，十四世亨山公生于元末丙子年（1336 年），二十六世生活在清康熙年间，族谱都有明确的时间记载。万甫公是正叟公最小的儿子，反复推算，万甫公应该出生于 890 年到 900 年间，迁来岳阳时，约在三十岁左右。

万甫公迁来岳阳后，初住城内巴山庙，随置近城金鹗山地名芭蘸盘，建屋定居。并在高桥以西以及洞庭湖边等地置下了大量的产业。继而，他有了三个儿子。三个儿子以港为记，长子居新墙沙港，次子居毛田小港，三子居崖岭。万甫公临终前留下了话，凡我子孙后世以青红紫绿墨宝为识。

黄巢事变时，正叟公避居江西南昌府丰城县，一个叫作洪洲铁树观磨刀山壁厢街的地方。黄巢起义是在乾符五年（878 年）至中和四年（884 年），这个时候，正叟公只有七八岁，他应该是跟着父母一起避难到江西的。正叟公的父母是谁？族谱没有交代。

唐昭宗李晔文德元年（888 年）即位，在位十六年。天祐元年（904 年），唐昭宗为朱温所弑。昭宗初，正叟公二十多岁，据族谱记载，是户部尚书，相当于现在的财政部长！但史书上，却找不到一个叫李成、李孟宾或是李正叟的唐朝户部尚书的记载，只说正叟公原是唐朝皇族子孙，似乎有难言之隐？又或许是年代久远？这真让人疑惑，是一个谜。

唐朝有“三十老明经，五十少进士”之说。

贞元十六年（800 年），著名诗人白居易以第四名的成绩金榜题名，考中进士。在慈恩塔下题名，看到身边十六位老态龙钟的同榜进士，他忍不住得意扬扬：“慈恩塔下题名处，十七人中最少年。”有多“少”？时年，大诗人白居易二十九岁。

在唐朝历代进士名单中，找不到半点正叟公相关的消息。看来，非比寻常。

松栎园《李氏族谱》记载，正叟公原是唐朝皇族子孙，似乎是暗藏玄机的。

正叟公究竟和唐朝皇族有着怎样的渊源呢？

据载，湖南李氏共有六大族源：西平堂世系李氏；丰城曹王世系李氏；丰城滕王世系李氏；永修吴王世系（磨刀）李氏；火德公世系福建上杭李氏；南齐荡寇将军李道办宁远灌溪李氏。虽然，这六大族源均出自陇西李氏一脉。但，松栎园李氏到底属于哪一支呢？我翻了所能找到的族谱，有关史书，并走访了家族中的老人，都没有找到任何线索。

据说，接族谱就是接祖宗，要放炮行礼，要摆酒席。

我从未完整地见识过这地方摆酒、接族谱的全套礼仪，但我的父亲是这里曾经的主事，以他的口述、我的耳闻，我应是见识了一方农民粗糙之下能有的精细。直到父亲过世，族谱被新的主事接管，从此，再不曾见到那竖行排印、从右至左翻开，又读过的旧本。也不曾再看到那一口桃木箱子。

无论我对族谱有过怎样的疑问，它男权，封建，它有挥之不去的粗糙，但它的真实，是在如水的光阴里隐逸的一面。那里有我的先祖，正叟公，万甫公，亨山公，廷祖公，竹菴老人……还有，我最亲的祖父，我的父亲，和已去往彼土的我可怜的五弟。

沧海月明珠有泪，蓝田日暖玉生烟。
此情可待成追忆？只是当时已惘然。

翻开历史，李氏风流跃然纸上，蔚为大观：道学家始祖李耳和他的

《道德经》；战国时代都江堰的建造者李冰；隋朝著名工匠、赵州桥的设计修建者李春；明代著名医学家李时珍和他的《本草纲目》；清代小说家李宝嘉和他的《官场现形记》；清代作家李汝珍和他的《镜花缘》；清代文学家、戏剧家李渔和他的《闲情偶寄》；明代思想家、文学家李贽；以及飞将军李广、李白、诗鬼李贺、李之仪、李清照、李商隐、李自成、李鸿章，还有唐太宗李世民和他的“贞观之治”；一旦归为臣虏，垂泪对宫娥的南唐后主李煜；八仙过海，各显神通的铁拐李。

……

这是李氏家族的荣耀。

2012 年夏月，松栎园李氏族谱七次续修完成。

那些金戈铁马的历史，那些或显赫或潜隐的光辉，那些悲欢离合的故事，都铭刻在声声慢的时光里，欲说还休。

第二辑　和你在一起

今夜
我把爱捧起
轻轻放在南国的风里
夜草安宁
像是青春的想念里
温暖的投递

山影
摇曳在近海的灯火
像是融化的冰泉
在夏的季节
爱上地平线
在日落的黄昏 总有
星光遥望的美丽

——李友荣《爱上地平线》

就像小雨来到人间

雨是半路上下起来的。

急雨。跟夏天似的，一阵风吹过，雨点就这么落下来。路上全是樟树，空气很闷，虽然有樟树的清香。叶子在扬花的季节里。路的低洼处，地砖的小缝里，全是些毛毛的绿，这些翠微的颗粒，无所不在。如今雨点陡然而来，它们的脆弱将会很快地显形。

叶子在随风翻飞。云层连着黑，低低地压下来。

家很近，我在路上快快地跑，没有伞没关系，没有买菜没关系，一颗心笔直地回家去——下雨的春天我害怕打雷。快到院子门口了，手机响起来，里面传来儿子的声音，那么清晰的大声——妈妈，外婆来了。母亲就跟这场急雨似的，说来就来，也不事先通知。这是她一贯的做事风格。

在我看着那些漫天而下的翠色小粒的时候，我常常会想起自己的母亲。这些颗粒是脆弱的，风雨一来，它们随风而走，遇水而流，再也不见了它的形、它的神，消散是它最后的命运。

可是，我很少看见母亲的脆弱。

母亲真是一个奇怪的女人。是的，我的母亲总是给她的孩子一种非同寻常的感觉。这样的感觉让我不能轻易地向她走近。在我愣愣地望着门口这片雨地的时候，雨已经更大了。站在院子门口的大门边，我有点无可奈何。这是父亲过世之后，母亲第一次到我这里来。冰箱里能有什么呢？家里完全没有准备。可是，在这样一个下着大雨的春天的傍晚，我打心底里佩服起自己的母亲，这是一个天才的母亲。

她可以精确，无论多远，你的时间在她的掌控之中。她可以漠视，对你的不知所措，或者内心惭愧；她可以无畏，不怕你的责问；她明知故犯，她永不悔改，并且沉默以对。她全部的理由只有一个，她不要麻烦了你。这样的母亲自以为是，专制，霸道，像一个生硬的“硬币”，总那么绝对，也不懂得折中。这样的“硬币”让人有点头痛。她不要麻烦你的最终结果是，女儿心里乱乱地回到家里打开冰箱切切地找——一条黄瓜，两个茄子，几片腊肉，几个蛋。还好，感谢上帝！

可爱的“硬币”

现在的若容，今非昔比了，收拾出一桌饭菜，已经不再是一件多难的事。今天只是多了母亲，晚餐在顺利中开始，也将在顺利中结束。我庆幸留下“硬币”住了一晚，她很少出来的。我在自己的卧室里开始计划明天的事，明天一定要给“硬币”好好上一课。

在上课之前，我们先去邮局寄信。

很多年没有写过信了。一封六页的长信，前天在电脑上打出来的，多是些闲聊的话，但不是没用的话。写信的心情有点急迫，寄信的热情也感动了自己。昨天就来过邮局，来了才发现地址有疑问。发短信问，等半天，过来四个字——不能我忙。再问，没了回音。忙什么呢？明知道我在邮局等，我的热情真是遭遇了寒冰。今天是二访邮局了，我还是希望快点把信寄到中山，一个同学那里。我全心向佛，要“收”她回来，但不知灵是不灵。到了邮局，人却傻眼了。原来，在粘胶封信时，突然不放心打开看了看，发现最后一页没在里面。有点不信，再看一遍，还是没有。真是奇怪了，应该在一起的啊，明明昨天回去时还看了一遍的，怎么就没了，哪里去了呢？我满是疑惑。赶紧打开背包，翻了个底朝天，真的还是没有。拿着这样的信，一时有点发愣，寄也不是，不寄也不是。母亲不知道什么事，以为很重要，就建议我回家去找找。

母亲的话提醒了我，我从懊恼里抬起头，突然发现这时的“硬币”完全不是“硬币”了，这时的“硬币”有几分可爱。她哪里知道我寄的是什么，只知道是纸上的东西。对于纸上的东西，“硬币”有着一个农民妈妈本能的尊敬。有点好笑，我的样子骗到了她，她不知道我寄的只是一只“裹脚”，而且是不全的。还有一只在肚子里，还没写出来，也许下次还要来的。我看着“硬币”笑了笑说，信不寄了，还有下午呢。

给“硬币”上课

还是去上课。地点，医院。

我的一个堂叔出了车祸，躺在医院二十多天了。当时他在国道上，货车下去他上来，货车的司机吃了酒，车尾不巧挂到了他。偏偏撞到的是头部。头部开了三次刀，到现在人还没有醒过来。前几天才从 ICU 重症监护室里下来，在 ICU 的时候，一天的抢救费是三千七，够吓人的。叔叔只是个农民。还好，叔叔有一个厉害的儿子，叔叔的儿子也就是我的堂兄，在部队里谋事。其中的一部分医疗费，就是我这个堂兄筹到的。

这一层楼全都是头痛的病人。尤其车祸的多，头上打绑带的也多，还有一天到晚痛得大叫的。叔叔连痛都不会，很可怜，他现在完全没有知觉了，他的生命只是监测仪上那一个个跳动的数字。身上到处插满了管子，咽喉也开了刀。婶子撩开被子的一角，露出叔叔的腿。那腿上几乎没什么肉了，全都是皮，动也不会动，桉树皮样的白，还皱皱的。手也是没有血色。她说每两小时得给叔叔翻一次身，大小便现在都没法自理了。二十多天了，还请了个护工，给他七百元一个月，加上婶婶的儿子，大家一起轮流照顾。母亲看得叹气。我赶紧嘘声，说昏迷的病人说不定也有意识的，叹息不好，要多跟他说说话呢。

从医院出来，外面的空气自由清新。突然觉得，一个人健健康康是多么幸福的事。

时间还早，我们走路回去。我准备好好地跟“硬币”说一说话。我想对她说，年纪大了就要想开了，该穿的穿该吃的吃，别那么傻做，别那么舍不得了。你看看叔叔，意识都没有，什么都不知道，再好的东西也没有意义了，除非他醒回来。你再想想父亲，那样生病了多不好，人一死什么都没了。可是，我什么也没有说，我的心突然掉进了一派荒芜里。不知道妈妈心里在想些什么，只希望叔叔这样的病，给我的“硬币”妈妈好好上一课。

生命多么宝贵，我们没有理由虐待自己。

外婆的一道茶

街上细雨飘飞。

从一间茶楼经过的时候，我突然想起了过世的外婆。

外婆泡得一手好茶，也总是喜欢在家里闲闲地喝茶。生姜在一个专用的钵子里磨起水，香味飘出来。一个秀气的小茶罐拿过来，茶叶来了，盐来了，运气好的话，芝麻黄豆也来了。清冽的水是山里的，热热地烧开了，冲一冲姜钵，连水一起加到了茶罐里。一个小小的茶碗拿过来，茶水倒一点出来，又回到罐子里去，倒过来倒过去，好几个来回，水汽袅袅升起来，茶叶的清香也漫过来，一切和谐妥帖了，这才算好。

小茶碗端过来，我的总是满满的。水不多不少，不咸不淡。喝到嘴里，口齿香香的，肠胃暖暖的。我喜欢外婆的家，我也喜欢外婆的茶。在我的感觉里，外婆的家就是我的家，我就在那样的家里一点点长大。我喜欢看着外婆坐在堂前一心一意地梳头发，阳光从瓦缝里打下来，浮尘很亮，外婆也很亮。世界是安静的。一个干净的老人，一个干净的小人，一所干净的房子，这些干净柔和的元素，构成了一幅干净的画。在这样一个干净的女人身边长大，生活的感觉是画一样的。

离开山乡多年。

留在心里的，总是外婆的一道茶，还有这样的一幅画。

像“硬币”一样活着

母亲呢，母亲从来就不是一个享受的人。

从山乡到水乡，世界在我的眼里变样了——母亲一天到晚在外面做事，从天亮就做起，中午也不休息，到了晚上还在忙，不记得都在忙什么事。有时还吩咐她的孩子们，扫扫地，或者收拾柴火煮东西。母亲不会泡茶，更不会闲闲地喝茶，劳动回来缸里一瓢水下肚，那就是母亲的茶。这样的母亲从来不闲着，连她的孩子也都是。在孩子的眼里，这样的妈妈是铁打的机器。我没有问过她累不累，也没有想过她累不累。方圆几十里，我没有见过这样的妈妈，跟父亲挑一样的担子，跟父亲做一样的重事。有时候，甚至比父亲还父亲。这样的妈妈不懂得休息，也不会穿衣打扮，叫人无可亲近。妈妈是外婆的女儿，外婆是幸福的妈妈；我是妈妈的女儿，妈妈是辛苦的妈妈。

我喜欢外婆的干净，不喜欢妈妈的辛苦。我想念外婆的家，想念那里的整洁。水乡的家里一切乱乱的，你整理了要整理的、丢了该丢的，那都没用，一个转身，一切重又回来，忙碌的母亲很是容易地颠覆了一切。我很少想一想，为什么那时候我的妈妈是这样辛苦的妈妈。也只有我们，才是妈妈辛苦的理由。

也许，妈妈的辛苦将会继续。父亲不在人世了，头发白了的妈妈还想接过父亲的担子。都快六十五岁了，倔强的妈妈还能挑起什么呢？而妈妈的节俭也还将继续。至少，目前，她的孩子没有给她足够奢侈的信心。很多时候，妈妈会在这样那样的担心里。剩菜剩饭旧衣服，妈妈总是舍不得，吃了又吃，穿了又穿。说再多的话也没有用，你没有跟她在一起。

土地和孩子，这就是妈妈的生活。

简单的线条，简单的信仰，大自然教会了妈妈的朴素。她全心全意，忠诚而迂腐，活在自己的方式里。这世上，有多少像我这样的孩子，就会有多少这样的妈妈。她们的生活相似，她们的辛苦、她们的勤劳、她们的节俭、她们的付出，让我们心田泛波，鼻头酸涩。跟我们这一代还有我们的下一代完全不同。他们是不懂得享受的人。他们是像牛一样的人，他们是倔强的牛。他们始终像“硬币”一样活着。但是，你不能说他们不幸福。

他们的乐趣在土地的生长里，在谷种瓜秧的萌芽里。他们栽种一辈子，他们在这样的栽种里幸福了一辈子。儿女永远是他们心中的太阳，他们心甘情愿地牺牲。为了那样的希望，他们奋斗到最后，流干了最后一滴血。我还能说什么呢？

一个“将军”

很奇怪，母亲给我的感觉总是时远时近的。

远的时候，母亲像一面钢铁，看不透她的思想，但是可以感觉她全部的坚硬。这样的坚硬，很容易刺痛你，反过来更加拉开了和母亲之间的距离。如果父亲是统帅，母亲绝对是一个将军。

日常生活的经验，如果一个女人带给你将军似的感觉，那肯定不是什么好事情。

将军对一切胸有成竹。她有如来的神算，任何事情都逃不出她的法眼。你滑溜溜地跑得再远，她也一样知道你的路线。你还在水塘边玩泥巴，将军的一声声吆喝已经穿透了整个村庄，她在那样大声喊着你的名字，你一下兴致全无、惶惶无主，担心将军不要过来一把揪了你的要害之处审判你，那一刻心灵和皮肉的疼痛，将会是非常难受的。

我们早已习惯了这个专业的“纳粹”。

双抢的时候，“纳粹”又成了非常的表率。父亲是身单力薄的，经常生病。将军却很壮实，不比父亲。无论多累多苦，将军吃苦在前，很是照顾父亲。夏天的太阳很毒，到了中午，谁都会待家里休息一阵，等挨过了中午的太阳，三四点钟之后，再去田里做事情。农民的双抢从来都是辛苦的事——稻子要赶着收进来，秧苗跟着要插下去。什么都可以耽误，唯独季节是不能耽误的。收割的时候，水稻的叶子是割手的，时间长了，手上的皮肤大块地红，碰都不能碰。鼻孔里全是灰。身上的痱子也跟着凑热闹，这里那里地冒出来，太阳底下叫人分不清到底是痛还是痒。

插秧也好不了多少。插秧的时候，空气是热的，太阳照到水田里，水的温度热热的，烫脚。腰老是弯着，手脚并用——是"退步原来是向前"的。只要在做事，衣裳前胸后背都是汗。弯腰久了，又胀又痛，像绷紧的弦，马上要断裂。脸上全是汗，大颗滚下来。太阳刺得眼睛睁不开。天热，只渴望一阵凉风吹过来。在这样的夏天里，是走不出的累。这样的夏天，让人望而生畏。将军却不怎么怕。即使中午，也常常一个人顶着大太阳在田里做事。

在这样的将军面前，孩子们全都是服服帖帖的敬畏。

一个统帅，一个将军，加上将军手里的六个兵，我们团结一心。

将军运筹帷幄，我们干劲冲天。最多的时候，家里有过十二亩水田。不过再多也不怕，我们人多，人多力量大，一块稻田六个兵，我们一人一片划出来，劳动成了快乐的竞赛。我们有最快的速度、最好的方法。把一切忙完，兵们很开心，以为可以好好休整了。没想到，将军还要指挥她的小部队，今天到东家做事，明天去西家帮忙，也不管你累不累。争论无益，将军永远是将军。最后的结局是，兵们栽完自家的田，还要去栽人家的田。

将军说，伢妹子力气去了又来的，帮帮乡亲不要紧。你们读书不在时，乡亲也帮过我们家。将军说得有道理，不过心里还是怨气多多。

料不到，我们栽完水乡的田，还要去栽山里的田。

好说歹说，这支可怜的队伍又被母亲调拨到几十里路外的山里外婆家。不过几十里地，水乡的爷们在岸上翘起长腿歇伙了，山里的爷们还在忙大阵、干大活，山里的季节来得慢。没有车马，小部队一黑早出发，徒步而往。我喜欢这里的山，但是不能喜欢山里的田。山里的田不那么平整也没那么大，小梯田顺着山势搭下来，有的还七弯八拐，我们就在那样的山边上栽着山里的田。

天黑了，草草地扒过饭，小部队原路而返。我们被彻底打败，满天的星斗无心观望，斗志全无地赶路回家。这个时候床铺是世上最好的东西，我们无限想念。双抢给人的感觉是，初期疼痛，中期麻木，后期转入再疼痛，再转入余波。人在这样的夏天，太阳底下的辛苦事，可以蜕掉你身上的一层皮。不过，经历了这样的夏天，还有什么样的苦事你不能经受呢？辛苦而又超度的体力劳动极大地刺激了将军的士兵。将军的兵们开始思考，逃离农村成了最最强烈的愿望。兵们在心里发恨，在行动上发奋，这是兵们最好的造反。

不知道这是第几个夏天，将军心爱的幺女儿，也就是我，也走在逃往城市的路上，这已经是将军的第四个孩子了。将军成功地实施着她的计划，她的兵们一个接着一个地逃离农村，逃离水田，逃离那些“艰苦卓绝”的劳动，也逃离了自以为是一直恨着的母亲。没有了母亲的缰绳，人生自由，天地开阔。世界如此美好。

其实，在那条白石子路上，在母亲推着那辆送粮的木叉车，往学校送着我们住校搭餐所要的粮食时，我坚执的内心早已原谅了母亲。一个弯腰推车的身影，连同那一段岁月，深深刻在一个孩子的心版上。

时光过滤了苦难，剩下的就都是怀念。

在这样一个寂静的夜晚，奔涌而来，让我的内心柔软。

和你在一起

一

我们是母亲的棋子。我们在城里，她在乡下。

母亲老了，老了的母亲很孤独，像一棵树。母亲不喜欢城市，她愿意一个人。父亲的那个村子是她的根，她就是那个村子里长出来的一棵树。更近的镜头，是一棵长在南方的榕树，那样披挂而下的根须，不叫气根，那是母亲的皱纹。那样的皱纹，条条朝向岁月的深处。

母亲老了，老了的母亲很孤独，再不是一头牛，也不是一个将军，老了的母亲成了一棵树。虽然上了年纪，可还是站着的尊严，似乎足点大地都还要颤抖，那是一个将军的余威，兵们依然敬畏。

当母亲核桃似的坚硬被时光一点一点撬开，那看得见、看不见的都叫人感动。

我们会是一个怎样的开始？他们需要一个怎样的开始？到那时我们

又会是什么呢?

一个新的硬币，一个将军，或者，是一棵树?也许，母亲只是一个支点，她让我在不知不觉中，完成了一个靠近。我一步比一步靠近，一步比一步温顺。

是的，一只曾经愤怒的小狮子，踏上了它的回归之旅。

它英勇无畏，它不怕牺牲。

二

只是一个时间的晃动，多快啊!

母亲不再是一头牛，不再是一个将军，也不再是一棵树。

母亲的细致突然而来，她的温柔让人很不习惯。要走了，她送你，会突然伸手扯一扯你的衣摆，说你衣服少了说你衣服短。风吹过来，她会突然伸手过来拢一拢你的刘海。回去的家变得整洁了，她一定还记得小狮子当年那样没有良心的表白。父亲走了，她把家里的每一寸墙壁刷得那么仔细那么白，这样的一切，你觉得意外，也很不习惯。

母亲不再是一头牛，不再是一个将军，不再是一棵树。

母亲成了一汪水，清澈的水，纯净的水，温柔的水。可是，她的温柔让我感觉无尽的悲哀。这样的温柔来得太晚，像一朵花，开在老去的时光里，愈老愈浓烈，愈老愈凄艳。时间催生了花朵，岁月让母亲突然懂得了水的好处，水那么温柔、那么纯粹。

这是一个春天的傍晚，一只小狮子就那样站在一所院子的大门边，院子离家还有一段路，并不远。她在雨地里开始奔跑，朝着家的方向。

幸福的感觉就像这场春天的急雨。

啸声响彻了心田。

母亲的相信

母亲固执地相信，父亲去到了天堂。

母亲经常在父亲的坟头或者对着父亲的相框喊，可是父亲不理也不应，母亲不相信父亲从此就这样抛下她——母亲情愿相信，父亲是在天堂的事里。母亲知道父亲的脾气，就像从前，父亲只要是给人帮忙，家里的事，母亲喊到头上父亲也是不应的。

母亲的相信，还因为父亲弥留的那几天。我是头天回去的。回去父亲还清醒，还吃东西，还说大雪的天“联系了伢崽们”。父亲不说自己的痛，或者他的高兴让他一时想不起。在湘北的方言里，“联系”是牵累的意思，这是一个父亲最后的愧疚。我们一个一个地喊，让父亲高兴，而这是父亲对我最后的应答。

回城的路，漫天飞雪。车子在冰冻了二十多天的路面上小心翼翼、飘着似的。我一路上想着父亲的样子，默默流泪。父亲的样子，是亮起的油灯行将耗尽，在乡村时时的停电里，度着那样一个五十年不遇的冰灾的寒冷。我们都没想到，父亲的走有那么快。母亲在事后的叙述里，就说到一个半夜的醒来，父亲用他地道的新墙话对母亲说：那个伢子是谁？那个沙发上坐着的伢子是谁？母亲扶着他，就大声说话，“金爹呵，你是糊涂了，不要拿话吓我呵，家里就我们两个伴。沙发上那是靠起的枕头，不是人。”

父亲的离去改变了我。我不再贪玩了，开始写作，我愿意这样活下去，也愿意以自己真诚的忏悔续上一个未来的安慰。母亲原是有些信佛的，因小弟的弃世。母亲到底不放心，后来就去到庙里问。庙里的和尚就安慰说，那是专门接人的童子，接父亲去了天堂。父亲的离去同时也改变了母亲，母亲从此斩钉截铁信起了佛事。

其实，在父亲过世之前，母亲对佛是似信非信的。

想不到，父亲的离去，让母亲从此信起了菩萨。母亲的信仰高高在上。母亲的信让我一度失却话语，我甚至开始伤心。其实，我们在彼此的伤心里，从此必得忍受的。就像母亲必得忍受我对文字的喜爱，必得忍受我时时不能归位的休息。只有这样的时候，我才能看到一位爱着的母亲。

时光撕开了一道伤口。

“你走火入魔了，你看伟大的济公和尚也是酒肉穿肠过的？”

“你不知道？济公和尚疯了的，他当然吃肉。”在母亲吃斋的日子里，母亲连我筷子沾过的青菜也不吃。对了一桌子饭菜，我几乎没有了吃的心情。害怕母亲的念珠在空气里啪啪响起。害怕在凝神的瞬间里被母亲追问。其实母亲的追问常常地很是小心，那都是经书上的字。经书多是庙里得来的，上面很多的字甚至繁体字，母亲不认识。母亲是想读通顺，想在菩萨面前虔诚地诵读。母亲的诵读让我时时地分神也痛苦失望。念经的母亲像冰冷的机器，我不能习惯。

很多时候，母亲就让我跌落到一种前所未有的荒凉里。我开始翻看圣经。可是圣经的故事也不能感动我，我不能相信那个虚拟的天堂与上帝。迷惘是老去，信仰、死亡至少是目前为我不能轻松面对的。母亲不懂，这样让我伤心而我没有解释的能力。如果注定这是母亲最后的安慰，如果注定这是母亲最后的信仰，我就再不说，我选择投降，在母亲行将老去的时光里。

没有了父亲，守着空荡荡的房子，母亲就这样沉到了无边无际的佛里。

又是一年三月三

直到做饭，看到水池边一把洗好的地米菜，才知道母亲来过。从厨房出来，客厅、阳台、卧室看个遍，没有母亲的影子。母亲总是这样，说来就来，说走就走，电话也不打给你。这才是“硬币”行事的风格。一个突然的变故，母亲在我这里已经住了些时日。父亲不在了，这是她有史以来最长时间离开父亲的村子。清明快了，母亲很有些坐卧不安，又似乎，一直以来都是。一早，母亲洗过我换的衣服，说到弟弟那里去。却又回来，用一把地米菜告诉我明天是三月三。

每年农历三月三，我们这里的习俗是要吃地米菜、盐水煮鸡蛋。老辈人都说三月三吃鸡蛋，吃了一年不头痛。我并不在意三月三吃鸡蛋，但每年三月三，菜市小巷里、人的提袋里，那样满街流转的地米菜，就让人记住了。三月三似乎不是一个节气，倒是些细碎的绿色。

有人形容说，我的思想总是在跳着地跑。是的，在我说着三月三的时候，我的词语早已跨过了无边的黑暗。一度天真地以为，那些浅薄的文字，让我快要，或将要忘记了父亲。但时间从容地流逝，它在告诉我一个真相。时不时，梦见父亲还在病里，或者，还在病里的模样。而做了梦，就那样告诉母亲，不在身边还打电话，只以为，这是母亲和我唯一的共鸣。

黑夜带不走梦，梦也带不来安宁。又是一年三月三。思考是一样痛苦的事。想不明白的夜晚，千军万马。而我找不到真相的大门。

完美打扫

我喜欢夜晚。

白天没有完成的一切夜晚尽可以继续，一个人在自己的天地里晃来晃去，将军似的。洁癖发作的时候，可以甩开膀子洗东西。小小的儿子赶到了沙发上，还知道把鞋底翻过来，等着我拿去刷干净。衣服在阳台的洗衣机里转起来，水声哗哗，轻轻。从沙发到茶几，从地板到玻璃，若容女士完成的一个个扫描，总是那么“独到”而专业——卧室、客厅、厨房、厕所，所有的房门、柜门，统统打开，展览似的。墙上的开关，地上的插板，门边的把锁，下水道的弯头……

若容女士时而直线、时而曲折，有时想起什么是什么，这样直线就成了交叉。

这样的一切，关乎素质，关乎面子。

若容女士的完成常常事无巨细、鞠躬尽瘁。这样的若容，像一切专业的家庭主妇，可以什么都来个遍，不能放过任何一处不净的暗角——所有的心甘情愿，不知疲倦，不由自主，不能自拔，那都是一个家庭主妇的盖章词典。在这样的词典里，若容女士完全是一个全心全意的奴仆。所有的耐性、细致、辛苦、苛刻，甚至于啰嗦，那都是一个奴仆可以料想的零件。

将军的检阅心满意足，一切闪亮、有序、一丝不苟。

我的眼前一片朦胧，家里整洁得仿佛消失了人烟也不忍打乱。于是想，完美的最终结果，竟是这样的不真实么？其实，我是个懒人。懒人的结论是，面子是别人的事，舒服是自己的事。懒人的好处是，可以不想完美的事，可以全心全意做个舒服的自己。

这样，在夜晚翻天覆地打扫完美的事，终是慢慢地淡去。

“硬币”的幸福

“硬币”同志受了伤，她住在“好日子”。“好日子”是嫂子新开的餐馆，在 107 国道边，太阳桥物流园过去一百多米。这是城市的东郊，开发区所在地。更远处，是一片在建的工业园。新起的房屋，新起的市场连成一线，昭示着这座城市的勃勃生机。已经有好几条线路的公交车在这里跑，我坐在这样的公交车上去看“硬币”，街市无心欣赏，说不清的原因，有点忧郁，也许，是因为“硬币”的伤。有人就问我，怎么喊自己的母亲做“硬币”啊？我想，“硬币”的由来，多还是她的固执，不是固执的话，她应是很可以逃过这一劫的。

近来，儿子放学回家的第一件事，不是做作业而是开电视。我下班回家不是先做饭而是开电脑，有时至于忘形，还好彼此不说，相安无事。有一天傍晚，快六点半了，该做饭了。我这样贴在网上的时候，外面的门咚咚地敲了几下，我在书房里没有动，儿子离开电视去开门。门开了，有塑料袋搁在地上的声音。“天天，来，帮外婆接一接。”好像不止一个袋子。“外婆，外婆，你的手怎么啦？”听到儿子那样惊讶的声音。“没事，外婆只是摔跤了。”母亲来了，跟上次一样的突袭。这个固执的“硬币”，她的固执总是让你手忙脚乱。

我因为上班的地方作息时间突然调整，很不习惯，打电话要母亲来帮忙。

端午节，我们去“好日子”团聚，母亲留在那。第二天打电话过去，母亲已在乡下了，说家里的菜地不能空着，老二回长沙，就顺路搭车回去，准备把家里的菜地插上红薯藤。我有点生气，年纪这么大了还做什么啊？然而，说什么也没用。“硬币”跟父亲在世时一个样，谁的那套也不吃。菜地的东西你不要，到时她自会搬了来。

将军挂了彩，“硬币”吊着绑带，一个人坐在那片“祥云”里，看到我，很高兴。摸摸石膏，硬硬的，壳一样。就告诉她，打了石膏的地方皮肤会痒，手不能负重也不能乱动，要一个多月才能拆。问她，还痛吗？想起那天的情形，多少有些歉疚。我很想知道事情的究竟。原来，母亲回去没来得及插红薯藤。母亲说，端午之前是连天的旱，那几天下过雨，地里的芝麻秧起来了。第二天，一个人赶早开出两块地，想把芝麻秧栽下，不想，中午在地坪里摔倒了。怎么就摔了呢？说，地湿，鞋子回来带了泥，滑的。当时人要倒下去，用手一撑，手就不能回位了，半天动不得。还是邻居喊的医生，医生做了推拿，上了药，就不痛了。

母亲说得轻描淡写。我说怎么这么不小心啊，摔成这样了还说不痛，总是不听，你看这一摔，不知摔掉多少的芝麻红薯了。一副石膏，四百多，照两次片，一百多，我知道母亲心疼钱，故意气她。母亲叹气，可惜了那么好的芝麻秧，只栽了一块地。都这样了，居然还念着那点芝麻秧。真是个糊涂的“硬币”。其实，“硬币”摔跤的那天过来时，她从园子里带来好多的小白菜、空心菜、红苋菜、还有新鲜的黄瓜。这一切，她都是在摔跤之后的那个下午进行的。我想，我多是没有心肝的，我到现在才开始估算着那些小菜的重量、估算她完成那一切所要的艰难。那么多的菜要从园子里搬回来，然后，装进找来的塑料袋里，再然后，提着十几斤重的袋子，走上四、五里路去搭客车，中途还要转一趟车，到城市下了车，还要走一段路，到我这里再爬上五层的楼。这么多的曲折，就为了她的儿女能吃上一口没有打药的新鲜蔬菜。我不知道，一个右手骨折的母亲，是怎么完成这一切的。

母亲进来时，看到她说摔跤了，我没有半点的安慰，只在自己的情绪里，以为她只是简单地摔了一跤，根本没想到她会摔得这么重。其实，我炒菜的时候，她还在帮着忙来忙去，把搬来的青菜分成三份，口里说着，这是哥的，这是弟的，这是你的。然后，把给我的一样样放进冰箱里。看到她这样，我说老年人摔跤不痛说不定骨折了，我们单位有一个老太太，年前在家中一下摔坏了四根肋骨，自己还不知道呢，结果年后死掉了。我说着这样吓人的话，结果自己也害怕起来。我开始跟弟弟打电话、跟哥哥打电话，到处告状。

有点怀疑，又心存侥幸——骨折？那应该不会。前年儿子骑童车，一不小心翻下来，左手骨折过。那时他多痛啊，那情形我到现在还记得。可是，母亲的样子很平静，不像骨折的样子，还说不想去医院。不去肯定是不行的。那一夜，“硬币”一个晚上都没睡。第二天，医院检查的结果——母亲的右手真的骨折了。我没想到母亲会是这样的霸蛮。一个像牛一样的女人，一个领导过六个孩子的女人，一个对家庭任劳任怨、对丈夫相敬如宾的女人，也是一个活到现在还不肯服老的女人。父亲走了，我们只要她好好地活，快乐地活。可是，她偏要呆在乡下守着那样的一块地。是不是，这一点小菜，在母亲的感觉里，便是她最后的付出？是不是，儿女们吃着她亲手种下的小菜，便是她现在唯一的幸福？ 如果是这样，那么我们做儿女的，又有什么权利去剥夺呢？

一封家书

薇仔：

因为晚上约了电脑公司的师傅更换家里的打印机墨盒，无意中上网，看到了你的留言。从你外公生病，小姨就很久不大上网了。近三个月来，一大家子太多的事：外公的病，小姨的皮肤过敏，你在深圳的阑尾炎手术，你和长沙姨妈在太阳桥各自购买的门面，等等。

既是开刀，你妈妈要给你多弄点好吃的，要多吃点营养东西补回来，大家都要照顾好自己。小姨呢，状态也好多了，是真的在慢慢接受外公生病的事实了。也许，很多时候，我仍然喜欢把你当小孩子看，然，好笑的是，很多时候，小姨往往还要得你的开解。我今天又去医院看了外公。外公还是不能吃多少东西。吃了一个我带的馒头，超市里很小的那种。喝了几勺稀饭，还有点肉汤青菜。外婆吃的饭，就着头天的剩菜。我借口你外公不吃饭我也不想吃。其实，在这一点上，我终是不好意思的，我跟舅妈舅舅们都一样，从来不喜欢你外婆吃剩菜。之前我们做了菜，带过去，吃过了，外婆总是这也舍不得倒，那也舍不得扔。现在，外公不大能吃东西了，上次我送的山药排骨汤，外公就吃了两口，这次我就没做菜了，带的速冻水饺和馒头，带了不少，吃不完医院冰箱里也好放。

午饭后，陪外婆上街。外婆想去买个紫砂电饭锅。外婆说看到其他病房里有人用过，几十元一只，不算贵，还好用，稀饭里加上肉末或红枣一起煮，又好又方便。外公自从生病以后，脾气一直不大好，吃的方面很难如意。外婆一直悉心照料，毫无怨言。忙完医院的事，还得牵挂几十里外的菜地和栏里的猪。隔三差五，路上几小时来回颠簸，谁说也不听。就是委屈起来，顶多躲到远处的厕所里，抹抹眼泪就完事。这让我真是印象深刻。就是从前，外婆也是一直让着外公的。四十几年的夫妻了，一起走过来不容易。就像长沙姨妈说的，外婆是典型的传统女性。要我讲，倘是现在的女人都能有外婆这样的隐忍，这世上就不会有这么多的怨偶伤情了。

小县城不大，我们一路问着，很容易找到了那条街，锅子很快买好了。路上回来，外婆跟我讲到外公的住院。说前头住过四十几天，这次大概又有两个多星期了。谁都知道，外婆从来是不舍得乱花钱的。但在外公是否出院的事上，外婆态度坚决，她是不能让外公就这样回去的，说是只要回去病就会加重，就会很快，也是根本不能对外公开这个口的。说是已经照顾那么多年，不在乎后面还有多长多难的日子。

总之，能照顾多久是多久，要是还能一起过个年，那就最好了。

外婆说，她现在根本不在乎钱。说是从现在开始住院再不让儿女出钱了，也不要我们这样路上来来去去的跑，也用不着儿女们过来伺候，大家教书的教书、上班的上班、做生意的做生意，她会好生照顾外公的。我听着外婆的话，半天做不得声。在外婆看似坚强的言辞下，我能感觉到的是可怜的无助，毕竟，她的孤单，她的儿女们永远也填补不了。

对于你外公的病，尽管省级的大医院都说已经没有治疗与手术的必要了，我总还是抱着最后的一线希望。我同事的老婆也是肝癌，都十一年了，一直吃的中药。人家吃了好，外公说不定也会好的。也所以，我才那样煞费苦心地找偏方。我在同事家把那方子讨了来，心想外公说不定就有救了。我跟你长沙姨妈在满街的药铺挨家挨户找，好不容易拣来，药汤熬好，外公吃过一次，反应大，就再也不吃了。我没想到，病了的外公会是这样的娇气。外公不肯吃药，我所寄予的希望也就完全破灭了。

道理我也明白，你外公的病，终是无望补救的。

可是，让外公出院回去，我觉得于心不忍。何况，还有态度那样坚决的外婆。

外婆一辈子对家珍惜，还在两岁时，亲生父亲就死了，跟着就是跑日本，到嫁到外公村里，才有了一个完整的家。儿女一大堆的日子里，终日是老黄牛，勤俭操劳，日子清苦却还温馨。儿女们一个个读书毕业，一个接着一个地从农村里走出，成家立业，生儿育女，一个个鸟儿似的飞走了。他们却老了，病倒了。

外婆想得更多的还是外公，多年的夫妻，现在怎么能舍得分开呢？两个人，那么苦那么难的日子都过了，应该是享受的时候了，眼前的事实呢？外公却生病了，要跟外婆分开了。外婆却是不怕苦不怕累的，也根本不去考虑自己，就像世上所有患难与共的夫妻，多数的时候想着的尽是对方，哪怕到了最后的光景。为给外公治病，她应该下了很大的决心。

大概，天底下的父母都是这样的，永远不舍得自己的儿女吃苦遭罪，不舍得拖累自己的儿女。可是，跟他们的付出相比，我们的那点算得什么呢？我们心里所想的，从来是工作，是孩子，只有很少的时候，我们才能够想到他们。外婆口里说着不要我们怎样，心里何尝不是巴望着我们经常地来？相聚是缘。一个人与父母相聚的日子只那么多。而现在，大概是我们还能够跟你外公一起说说话、吃吃饭、走走路的最后一段时光了。

前面我说话冲动，你妈妈可能也对我有些意见，大家都没错，我只是做不到那样的理性。

我现在唯一能感觉的是，这样生病的外公真的是太可怜了……

到我准备回去的时候，外公说也想出来走动走动，等外公加了衣，外婆、外公还有我，我们三人一起下电梯。从电梯里出来，以为外公是到医院南边的草坪去晒太阳，那边有不少的长条木椅，还有靠背，方便病人用的。外公却说要到医院门口去走走。于是，又一起到了医院大门口，我看着身边两个老的，特别是消瘦的外公那样站在街边的风里，一直、一直看着我过街、上车，我终是明白了他的不舍。

是呵，就连我十多年前写在信上的那些话，外公到现在都还记得，更何况是眼前难得一见的女儿了。逢年过节，儿女们回来了，外公总是忙前忙后亲自下厨。饭桌上，是一家人团圆的时候，也是所有苦过的难过的日子一点点慢慢浮上心头的时候。那样的时候，外公的酒兴特别好，总是笑。酒一喝多，话都说不大好了，喜欢一次次拿了我十几年前写给他信上的话作总结——那原是我十几年前介绍工大的，那时候，或者是我在读着《平凡的世界》的时候，我读着路遥，既是那样地激情澎湃，又是那样地莫名感动，感觉作家路遥写的孙少平在学校的光景，似乎就是我正在经受的一切。我在信上跟你外公打趣："工大的馒头太大，而稀饭太稀！"

亏了你外公一直记到现在。外公一直记得的，其实是那样一个简单的信息——他的儿女们在家的时候是苦过的，在外面读书的时候也是苦过的。也只有那样的信息，随了时光，才能让外公的内心沉淀而印象深刻。我想，那时的外公应该是没有办法的。家在农村，儿女养那么多个，又都在读书。学校里接应不到的时候，常常只能是孙少平似的生活，馒头就稀饭。

如今，病了的外公，今天就吃着我带来的馒头。以后呢，到更严重的时候，除了那些没有多大意义的点滴，也许还只能靠馒头稀饭度日子，并不是没有吃的，实在是好的东西已经很难下咽了。对此，我内心痛惜又毫无办法。而同样让我毫无办法的是，那边几十里外的城市，还有我的工作，有我心心念念的儿子。从上午出来到现在，儿子的中餐又是我留的字条——速冻水饺。不知他有没煮熟？不知他现在上学饿还是不饿？一边是父母，一边是儿子；一边是旧时的童颜欢笑，一边是眼下的细碎烦心；一边是空了的心，一边如满了的酒。我的心，常常是这样，总被撕裂，生生地痛。深秋的风已经很有些凉意，现在的外公应该是很怕冷的。

外婆说，外公从再次进院到现在，十多天里感冒有三回了。

车很快来了，我眼睛热热的。隔着车窗玻璃，朝他们拼命招手，要他们快点回去。

缘来缘去，我们的手上还剩下多少青春还剩下多少的温情？还剩下多少的相亲相爱还剩下多少的挚爱真情？还剩下多少能够与父母一起的团圆相聚？求老天保佑，小姨的祈祷。

不懂得心疼

夏至雨点值黄金。

这几天有雨，一大早，“硬币”同志打电话来，为那一园子青菜萝卜的事，问我回不回。我接着电话一半还在自己的梦里，想也没想说不去。母亲的声音很失望，不知道这是她从“好日子”打出的第几个电话。大概，她的孩子们一个也不肯回去。她的亲切的黄瓜、茄子、豆角们，终是打动不了她的孩子们。

晨光很亮，日照充足。挂上电话好久了，还在想着那个失望的声音。其实，我清楚“硬币”的心事。自从她受了伤离开父亲的村子，一直住在“好日子”。她大概很希望她的孩子们回去一趟，最好是她也一同去，去那个她一刻也没有停止过想念的园子里好好看看。

日子过去十多天了，那天栽下的芝麻秧不知长成了什么样，黄瓜该是黄灿灿地挂着了，可不要长老了，豆角、茄子、辣椒们不要被那些可恶的雨水冲坏了，更不要烂在地里。都这么久了，总要弄点什么来才好。

那个绿色的园子，终是让她放不下。

一辈子习惯了耕种的母亲，害怕浪费也害怕抛荒。

孩子们不在身边，那些冬瓜、南瓜、黄豆们似乎就都是母亲的一个个孩子。

“可是最大的乐趣还是在最后，一盘一盘的蔬菜，热气腾腾地摆在桌上，我们就像希腊神话中的萨腾一样，把自己的孩子吃下肚中去了。”

农耕生活延续了千年百载。祖祖辈辈的沿袭，节气的本能早已深入了农人的骨髓。“夏至不锄根边草，如同养下毒蛇咬。”相信这不是巧合，母亲的电话，没有早一天，也没有晚一天。是的，夏至到了，她的园子是该松松土、锄锄草、除除虫子了。可是现在的“硬币”身不由己，她受了伤，她的愿望只能是奢望。

一旦离开了她所栽种的“孩子们”，离开了那样熟悉的一切，“硬币”整个的人失魂落魄。

可是，我们不会，也不懂那样的心疼。农人的栽种，毕竟是一件那么遥远的事。

一个孩子的冬天

父亲睡在那样干净的一块地里，母亲和我留在了阳世，这是去年的冬天。去年的冬天，冰天雪地，去年的冬天，天人两隔。我不知道，父亲在那里，有没有冬天的棉袄。

湘江缺水，洞庭缺水，多么奇怪呵，长江滚滚而来，这一个冬天，长江入洞庭的那几个口子怎么就到处缺水。老家的后河，在冬天的风里，是不是也像电视里播出的画面，河床袒露，一点点瘦去？小河桥墩边的那一块地，是我们家原来的菜地。那块地，南瓜有绝美的花纹，难以描摹如世间精美的雕刻，茄子是紫色的深潭，要吸人进去，青菜翠白。

花生挖回来晒干了，吊在梁上，天长日久，成了孩子们的零食。这都是一块土地的秘密。后河也有些秘密的。河从远处而来，经过那废弃的桥墩，在那里弯出一道明亮。摘菜的时候，常常站到那高高的桥墩上，看小河的水，看对岸的山。河水一袭又一袭，撒着欢儿，打着旋儿，冲过桥墩。旁边菜地青青，蓝衣浅浅，是父亲挥汗荷锄的身影。

偶尔，在某一垛残垣，某一坨刨松的土里，还会找到些战场的痕迹。

战场是沿河而来的，很多士兵的血流到了河里。关于那场战争，历史上有个响亮的名字，叫湘北会战。老辈人说，一个个山炮打过来，后河里就有了废弃的桥墩，平原上就有了一眼深潭。潭深，影清，人称赵潭。几十年过去。和平的童年，在赵潭里洗澡，在对河的山上捡子弹。

母亲说，不只是葡萄园，如今，赵潭也要扩大深挖，要成为一个旅游休闲的垂钓之地。这一个冬天，我在后河的叶子里泡着，母亲像一个博士。母亲从后河拣来了好多的叶子，柳叶子又咸又苦，草香酽酽的药水，就泡开了一个孩子的乡愁。

一块地通向天堂，一块地，是一个孩子心中的圣坛。天堂里一定有亮着的火把，一定有一壶温热的老酒。

彼岸花

立夏几天，好几场雨。

下班回家，看到母亲送来的新鲜豌豆，绿荚湿湿，摊在阳台。G说的，母亲上楼时门都没进，放下东西就走了。母亲的风格我大抵清楚，她是信佛，万般放下。尘世里好像就只剩下这个来去匆匆的背影，那个世俗的妈妈真的很远很远，回不来了。能给她做好吃的时候，她是长斋；想给她过生的时候，她是出世，在她的佛里。我给她布置的床铺，她多是不来，床头箱里就几件衣物。世上可爱的是人，可怜的是人。可爱、可怜全在一个人的心境。子曰《关雎》哀而无伤。母亲的豌豆让我哭了两晚。春天的果实聚上餐桌，让我偶尔地羞惭，这饕餮而贪婪的人世。

那场三月的冰雹打坏了许多的庄稼，独有这豌豆花一丛丛，开在春天的园子。天空有青鸟婉转：豌豆八哥，豌豆八哥。

六十耳顺，七十从心所欲不逾矩。这个春天，我读了许多的孔子。我对着春天的阳光打分，妈妈，你是走在回家的路上。这个春天，是一个陷阱。这里有香蕉，有梨，有葡萄干。这个春天，我喝了姐姐送来的红酒，红酒里有故乡河，有许多晶莹透亮的果子。

母亲的豌豆花，就在我童年的路边。母亲的大脚走过很远的村庄，母亲的肩上挑过哥、姐的童年。我们可以达到也一定能够达到，他们不曾有过的生活。可现在，我们在这样的两个房间。我的装着尘世的一角，她的装了佛。是这样的隔。

东方甲乙木，西方庚申金，南方丙丁火，北方壬癸水，中央戊己土。这不是乡村歌谣，这是邻家巫医跳过的大神。母亲的童年在自话自说，让乡村闭塞、信仰神鬼的外婆的娘家人悚然惊异。母亲两岁没有了父亲，童年在外婆的娘家长大。母亲七十年风雨长途，记忆力依然不减。

母亲却是相信，她的童年早有预言，她的名字也是佛缘。母亲没什么文化，学佛念经终是吃力。母亲的坚持却让我感动。几年下来，无论何时何地，母亲总在背书认字，功课风雨无阻。已经七十一岁高龄的母亲，在这个弱肉强食的时代会不会……我的担心在这里不能言说。我但愿，佛的世界信徒纯洁，秩序井然，修得圆满。

昨天是母亲节。我去看母亲，并随同她一起前往她常住的那个寺院。辗转几次，坐公交车一个多小时，到达火车东站。问她，还有多远。她答，不远了，前面过去，还有一里多路。我估摸，母亲的一里多路，至少会是好几里。我说坐车吧。她说坐什么车。想想，时间还早，陪母亲走走也不错，那就走。母亲大包小包的三四个提着背着还健步如飞，把我远远丢在后面，哪里说得上话。走过一道长长的坡，穿过一个长的隧道，就看到一片田。

现在，我们走在窄窄的田埂上，一路同行的还有几位妇女，都是四十开外，身着制服，说话不停，想必是高铁站里刚下班回家的。又绕过好几幢屋舍，树木开始显见的繁盛。弯曲小路上行走三四里的样子，我们已是不知不觉走在山上了。继续前行，环山之间，又见一泊湖水荡漾林间，有钓者二人。可以看见寺院了。一边的田地上，一老者在忙活着，母亲远远地招呼：阿弥陀佛——阿弥陀佛——呐家在锄地啊。老者抬头，双手合十，阿弥陀佛——呐家来啦。

终于到了。寺庙并不大，农家小院般。门楣上方，一块显眼的金字牌匾，上书“黄莲古寺”。母亲进去，把行李放到她住的房里，和同屋的居士一一招呼，然后带我们拜过各路菩萨，又兴致勃勃领我们去参观屋后新起的、已是粗具规模的黄莲寺。母亲告诉我们，正前方的是大殿，侧面相对的是居士楼。看母亲说话的样子，我可以感觉到她的快乐。看到母亲这样的开心，又想起一句话：你若安好，便是晴天。母亲的豌豆花，终是开到了远山之上。

眼前这黄莲寺，让我突然想起，母亲的名字里，是有一个莲字的。母亲的名字，我从未细想。现在方醒悟，原来，她，就是一朵彼岸花。望着山清水秀的这一湾葱茏，我不禁慨叹：或许，这就是缘分吧。命运是个神奇的东西，该来的总会来。

离神最近的孩子

一

在书房外面的阳台上，母亲的诵颂，时而飘扬时而沉落。那是个小小的平面，洗衣机贴墙而立，木色的吊柜挂在顶上，下面一个白色的盒子，孤零零，也是木头的同类，可以放洗涤的皂粉，母亲却把它围成了一个简单的神龛，插着香，也立着水，滴落的烟灰一点又一点落在一个花钵里。

我在书房的时候，母亲在阳台做她的功课。

神龛可见，佛祖在前，烟火的气味在所有的房间里弥漫。

我对事物总有超常的敏感。这袅袅的雾霭，恍若神鬼的来去流动的梦魇。我在这样的时间里常常惊醒，一颗心就那样看到了一个真实的所在。可是我对死的热爱还不能超过对生的喜欢，我也害怕看见母亲的跪拜。一段时间，我言辞笨拙，想拉她回来。在我的眼里，这样的母亲真是中邪了，时不时地念经吃素，功课日日不落，有时还住到了庙里。

从前的母亲哺儿育女，从前的母亲在收割的田野上肩挑手提。乡村的生活带给我无限的怀恋。母亲依然是勤劳的，可是勤劳的母亲已然衰老。母亲的田地几年前就已经被征收了，代之而起的葡萄园一望无边。村庄没有了金色的稻田，母亲其实是个失地的农民。农民没有了田地，农民就不是农民，农民就有了农民的忧郁。类似母亲的现象不是单一的。

类似的信仰，在类似的村庄里蔓延。

父亲不在了，母亲一个人，有时在城里，有时在乡下，有时却在诵经超度的庙宇里。不能想象，那颗年老的心里多出的东西。倔强的母亲宁愿相信菩萨也不愿相信她亲爱的孩子，宁肯把自己寄托菩萨也不肯寄托于她的孩子。母亲不喜欢城市，可是她也害怕乡村的晚景。改变信仰，为未来计，把自己交托菩萨，这个乍看精明的母亲。孩子们惶惶无主，谁也争不过她心里的东西。六十八岁的母亲在大家族里劳苦功高没人说她。母亲对天堂的渴望却让我内心酸楚几近掉泪。这个糊涂的妈妈，当你身在高处的天堂，我一定去到最深的炼火，这样的时候，妈妈，你还会幸福吗？我有时劝有时也说她，母亲却像沮丧的孩子。一段时间里我常要逃到卧室里打电话，跟别的孩子拼命地解释。我终是没有拉她回来的本事。

枕头底下两本书，一本仓央嘉措，一本圣经。我一直在寻找内心的安宁。这一个夏天，母亲是我的孩子，我是自己的女儿，我们都是离神最近的孩子。

二

“七月流火，九月授衣。”东北，华北，湖南，广西……整个夏天干裂少雨。水田，旱地，这时候，正是中稻抽穗灌浆、棉花结铃，夏玉米抽雄吐丝等秋收作物产量形成的关键时节。儿子进了这座城市的重点中学，住校的那一天，是个非常巧合的日子——那一天，母亲住到了庙里，我却在大山里参加笔会回来的路上。三个人，三个方向。高速路上，眺望湘北的原野，干旱的田野终是不屈。四野绿色，也有浅浅的河湾，是我喜欢的景象。其实在笔会之前，母亲在大舅那里抄下来一叠长长的名单。名单两页，活着的名单是她的儿孙后代，亡者的名单里有我的父亲。母亲过来煞有介事地说，生者为度冤情债主，死者却为超祖念经，不能错的。母亲吩咐我细细地查，怕名字错了神灵不领。在亡者的排列里，我一眼看到了祖母、外婆的名字。祖母陈阳春？外婆刘恩珍？我几乎要喊出来，这是多好的名字。这两个小脚的女人都是农民，农民也有这样文气的名字？想象两个女人各自出生的家庭，瞧瞧，各家的祖宗给她们取了多好的名字。可是你们，瞧瞧你，还有父亲，给我的名字。母亲在我故意大起的声音里不住地笑。说，那时饭都没得吃，哪里还顾得了你们。其时我毛笔蘸墨，正往包裹纸钱的白纸上写字。客厅的玻璃茶几上，尽是冥中受用的纸钱。一本本写好又一本本铺开，祖父的，祖母的，外公的，外婆的，父亲的，弟弟的。我在这样的茶几上稳坐江山，大笔挥洒，写得仔细，也写得怀念。

“四张机，鸳鸯织就欲双飞。”我寄养山里的时候，对祖母印象不深，回来不久她就过世了。但我知道祖母是纺纱的。祖母常常用她的小脚就那样踩着织机，手里甩着个光亮的木梭织出些细细白白的布。织机停了，纺车跟着响起来，抽出些细细的白线，绕在面前的滚子上。织机纺车都停了，祖母就抱起大堆白色的棉花在里面翻翻找找择棉籽。这时候，该是我爬上织机，这里摸摸那里踩踩，回想大人的模样，想象自己正在开动这架庞大的机器。祖母样子神秘地过来，指着高处梁上的包裹，细细地说，那里有个毛婆子，吵醒了下来捉人的。我就真的看上去，一溜烟下来蒙上眼睛跑开了。

水乡多种棉花，外婆在山里却喜欢采茶。清风四野，我守在茶山上，一动不动地等外婆摘叶子，有时等烦了，就在茶蔸里四处转，看蝴蝶在山花上飞，看松枝上清亮的油脂，看崖岸的茅草随风扑扑地倒。也有样子奇怪的山蚁拖着胖胖的屁股从石头地缝钻出来专心致志地赶路。一路跟着跑，有时忘形就跑远了，外婆着急起来，拖了长音一声声喊，对面山谷就响起一串串回音。也许只有山里住过的人，才能明白那样的回声里透着的空旷。外婆满面是汗地找，总算找到了，你这魔王，你那个狗婆俚不要你，当心豹子吃了你！我不知道豹子是什么，也不知道狗婆俚是谁，并不怕。日子天长地久，突然一天就开窍了，原来她在骂生我的人。清清亮亮的茶叶摘回来，倒在些大大小小的木盆里，脚踩手揉，叶的绿汁就流出来。我不记得山里制茶的全过程，只知道在最后，茶叶铺在竹篾制成的炕篮上，炕篮架在烧火的灶上细细地烤，这时候，真是清香满屋的。

外婆高挑漂亮，斜纹搭扣的衣衫看起来干净整洁。长在这样的外婆身边我心满意足，完全没有想过有一天离开，可是真有那么一天我就离开了。那时太小，不记得离开的情形，只知道我走了，我的相片就搁到了外婆床前的脚箱上。姨妈说，外婆一个人，常常拿着相片看。那是我在山里唯一的相片，拍的时候被姨妈抱着放在条凳上，不明白什么事，也不肯对着镜头笑，就那样手指卷着衣衫下摆哭。读书了，只要回山里，外婆总有好吃的偷偷塞给我。我喜欢外婆不仅是这样甜柔的情意。

曾经，姨外婆（外婆的妹妹）住在城里。我的影集里保留着一张五十年前的相片，那时候母亲还没有出嫁，拖着一对大辫子，我第一次见到的时候，简直不相信，这个漂亮的娃娃会是生我的娘。外婆是坐着的，母亲站着。这是外婆、母亲、姨外婆一大家子的合影。如今外婆不在了，偶尔我会对了这样的相片看，看着这个端庄的女人，记忆的事物就那样穿过未来的光阴，让她的后代怀想她有过的心事。

我来自这样的两个女人，两个清苦的女人。

在自然的生老病死里，这两个女人已经消逝在时光的尘埃里，我却记下了她们，记下了她们劳动的场景。这不是多余的记忆，这样的记忆，铭刻着一个时代的进程。再过来的场景是祖父与外公。祖母过世的时候六十三岁，祖父却活到了八十一岁，但是有了轻度的老年痴呆症，常常，塘里水田里走。如果不是因为老来的光景，祖父用一根绳子轻易结束自己的生命，祖父可能还要活得长。外公却是先于外婆，不到七十岁，外公落下了厉害的头痛病，走了跟祖父相同的路，他们都是朴实本分的农民。时代在花开花落，再不是那个清苦的年代了。

外公喜欢外婆，不仅仅因为外婆的漂亮。

母亲长到两岁的时候，外婆的男人过世了，外婆住在外公的村子里。那时的母亲是随母下堂的，所以，在外婆这里，你尽可以体味，一个男人对她的怜惜。外公当过国民党的兵，屡屡一拿到钱，就千方百计地逃回来，舍不得外婆吧，一杯茶水，一个眼神，这个小脚女人的身上有着太多的静美。外公对我也是疼爱有加，只要外公一回来，就会对我朗朗地笑，跟我斗着牛牛讲故事（斗牛牛就是鼻子抵鼻子，看谁力气大）。外公过世时，我有段时间彻夜难眠，这个慈爱的老人给我孤独的童年带来了太多的童趣，太多的关爱。

沉睡的记忆犹如喷薄的大地，我写了《岁月如河》纪念他。

更惨烈的。熟悉的一位同事，一个矮小精壮的汉子，那时他在单位做门卫。单位里有个库房，存着铜线，因为量大，好几百万，容易招来小偷的惦记，领导没辙的时候招来了几条狼狗。听门卫说，狼狗一跳比人高。一两百斤重的彪形大汉，狼狗照样毫不费力地扑倒。小偷害怕狼狗，单位从此安静了。有一天，门卫外面喊不应，就爬上高高的窗台往里看，看我是不是还在机房里。后来门卫没做了，换了地方做搬运。单位体检的时候，查出了肺癌，晚期。受不了痛，去到远远的湖边铁道上，卧轨了。人们发现时，他已血肉模糊，身首异处。

让我心痛的是弟弟。弟弟在来到世界的欣喜里，没几年就得了小儿麻痹症。也许是本能的害怕也许是我的愚顽，让我不能真正地喜欢弟弟。我不喜欢看到弟弟在我的眼前晃，不喜欢看到他走路高低的模样。我经常打他欺负他，或者取笑模仿他走路。即使别人打他，我也不会迅速地站出来，似乎弟弟就该受着这样的打。偶尔没人玩了，我才会发发善心跟他玩一会。即使眼泪还在眼眶里打转，弟弟也会马上眉飞色舞，不计前嫌的开心。这样的弟弟长成了青年还自卑。这样的自卑在乡村流转的光阴里无可消解。有一天，弟弟一个人躲在家里喝下了一瓶剧毒的农药，受不了内心的烧灼，坐到了门前的桥板上。从此，看到水乡的桥板，我就会想起弃世的弟弟。

三

七夕过了又月半。年年岁岁，梧桐树下，一杯黄酒，一叠纸钱，一行清泪，我守着火堆，样子荒谬而心里亲切。这一刻，我会把积压长久的思念尽情宣泄，如江河翻滚的流波，如一泻千里的风雷。这一刻，也是我对时光的祭奠。烧完纸钱，给住在庙里的母亲打电话。母亲却说庙里人好多，前客让后客。这样的时候，我的声音无限柔和，只要母亲好好的就行了，这个曾经扁担闪闪的女子呵。可是，我的内心一片荒芜。

在母亲的形容里，那是个香火旺盛的庙宇。我不知道何谓那里的后客，他们来自乡村来自城市或者来自痛手跛脚的不方便里？他们在佛祖菩萨的生日里来赶庙会，又或者在某一日听从召唤，给某位行将消亡的灵魂念“往生”。这是他们的希望、他们的安慰？无可厚非，一个人可以选择生，也可以选择死。无论生死，总得有希望。我不能怨怪母亲，我但愿没有说出母亲的愚昧，母亲只有这样的文化。文化决定了素质，文化也决定了引领。一个外国作家说，女人决定了国家的素质。这话不无偏颇可是也不无道理。

对于困境，史铁生在《写作的事》里有过这样的解说：人类的困境像人类一样古老，并将随人类一同长久。若不面对这困境重新思考，便不会懂得古人思考的到底是什么。古人的思考遗留下的谜团，要求今人继续思考，今人面对困境所建立的观念呢？当然也是文化。

在岁月的长河里，又想起年迈的祖父、外公、中年的同事、年轻的弟弟……这是一个个消亡的名字。而更多的他们，会站到这时间的排列里。

第三辑　在城东南路

我是明亮的星星
缀在静暗的天幕
我知道天空的空

蓝色的不是梦
白色的不是云朵
这轻纱的沉默
如水泛的柔波

寂寞
在空旷之外
在时间的来处
想象一朵花儿
开放在时间的边幕

——李友荣《蓝色的不是梦》

花趣

我本粗人。没有小孩的时候不觉得小孩的好，嫌他哭闹嫌他脏。有了小孩，便不同了。孩子的笑，孩子的依恋，孩子的天真，似乎全是扎根你心灵的花朵。没有养花的时候不觉得花的好，总觉得侍花弄草要么闲得慌，要么是布尔乔亚的小资情调。春去秋来，粗人看红花绿草年年绽放，那等自在模样，也不睬你个人喜好，就觉得很有些意思。

陶潜有诗："采菊东篱下，悠然见南山。"粗人无南山可驻，就只有端盆入室的分了。

陶公爱菊，周公爱莲，板桥好竹，白石独赏虾。粗人养花，不计名讳不避人言，逮什么养什么。三五日不到蔫了的，不怨自己，怨花草。所以，粗人养花，是给了水要它开花，一对一的回报。这样，粗人家里，金贵的不要，殷勤的不要。剩下来，就是些仙人球、长青草。花草如人，粗人相对，倒也喜欢。一花一世界。花之感觉，或远或近，亦幻亦真。

清代李渔《闲情偶寄》对许多花木的栽培、浇灌、习性、特点多有涉及，奇闻趣事信手拈来。就有人形容，有病的人读了它会霍然而愈，愁闷的人读了它将会欣然而舞。

讲杏，“种杏不实者，以处子常系之裙系树上，便结子累累。予初不信，而试之果然。”

讲紫薇，“人谓树之怕痒者，只有紫薇一种，余则不然。”

讲水仙，“水仙一花，予之命也。予有四命，各司一时，春以水仙、兰花为命，夏以莲为命，秋以秋海棠为命，冬以蜡梅为命。无此四花，是无命也。一季缺予一花，是夺予一季之命也。”

鉴赏品爱，痴心已极。

好花必有好诗词。“去年今日此门中，人面桃花相映红。”此为花之忆也。“窗隔疏灯描远近，篱筛碎月锁玲珑。”此为花之影也。识花者对花，“隔座香分三径露，抛书人对一枝秋。”痴心者问花，“孤标傲世偕谁隐，一样花开为底迟？”而“花谢花飞花满天，红消香断有谁怜……未若锦囊收艳骨”是为花之怜也。黛玉有葬花吟，宝玉有芙蓉诔，这才是至情至性的匹配。

粗人不谙此道，心里喜欢起来，但将大小盆栽挪移一处，相视而笑，同室而眠。

其中一盆杜鹃，新近得来。不言筋骨小小，枝叶小小，长长冬日而红霞被身。想春花热闹而冬花沉默，却也未必。相看两不厌，唯有杜鹃花。

云想衣裳花想容。粗人在想什么呢？冬花无语，天边几片淡淡的红霞。

花趣之阳台

年又近了。年近了，家里就开始洗洗涮涮。选个大好的晴天，阳台的玻璃、纱窗、防盗网都要战战兢兢地擦一遍。我家在五楼，但今天一个心血来潮，不想那害怕的事。瞧，我在自家阳台擦着那外墙的玻璃。记得搬新家时，街上看到三轮车上红红绿绿的，总要上前问询，总想着不要错过了什么，要拿个什么回去填满阳台的空落才是。就有过四季的万年青、君子兰，夏天的太阳花、绿叶的吊兰，秋天里有过金黄朵朵的菊花，冬天下雪的时候，又有细细长长的水仙花，更有红红灿灿的杜鹃花。每次去阳台，这里看看，那里望望，看那些新鲜的绿，看那些开放的物事，心情是自来的流水。尤其在家的时间少，日子一天天过去，阳台的花钵里，除了四季铺开的太阳草——那真是好养的“花”，不管季节，常在的绿。夏天里，细细密密的“绿毡”上又开出那么多密密小伞的黄花，让我实在不知道这该是算草还是算花。

余下的，一年四季就都是常在的芦荟、兰草、仙人掌。曾经的那些花团锦簇，一天天在这阳台不见了。钵子一年年还在，很多的时候地净场光，空余一片沃土。

是沃土，总能成就这一个个好处。

比如，夏天，吃个什么瓜儿，瓜子掏出来随手丢在那钵子里，第二年，花钵里就会长出个不错的藤蔓来。阳光一天天照着那初开的枝叶，那风中颤动攀爬的细小。

母亲来了，只喊她看。又希望她能在这阳台种些什么。多好的土呵，可是我从一棵大柏树下挖来的。母亲却说，这虚里的空头有什么好，又逗蚊子又长草的。说是说，一蔸韭菜，一根葱，几根紫苏下去，阳台又开始葱茏一片。尤其那韭菜，冬天眼看着节节枯黄，可是不用担心，春天一到，一个轮回的迷藏，白蓝的瓷钵里又都是齐齐整整的新苗一片，这样"花开不败"的朋友，又在这里那里探出张望的头来，只让人看着心生欢喜。因为韭菜，我对一切花草另眼相待。这里也真成了"懒人"的阳台。懒人也松土，也拔草，可是，花谢花开，随缘，自在。

一个淡绿的圆口花钵，夏天的时候，里面忽然长出一个两片叶子的幼芽来。

现在冬天了，这幼芽还在。只是长在那花钵的边边，身段已高过两指，叶子也一片片多起来，该叫它幼苗了。阳台上一天天看这幼苗，不管是女贞还是我喜欢的香樟，这个长势如此缓慢的家伙，或者，干脆就叫它香樟好了。还是这同一个钵子，夏天，里面又奇奇怪怪地长出了三杆芝麻。先不说芝麻，说那旁边的，另一个钵子。那里更奇怪，还在春天，那里就慢慢长出一杆奇怪的"灯笼"树来。夏天，"灯笼"树绿意盈盈，长到一尺来高的时候，枝条各处竟是魔术般地挂起了那么多小小的"灯笼"，风铃一般，又开出好看的白花。

晚上，隔了窗纱看那风铃的白花，只觉浑身沁凉，有趣，自叹天公造物的神异。秋天到了，花朵的叶片慢慢合拢，里面又结出灯笼的果子。

曾经，我在南方海边的超市里见过一种似乎叫“珍珠果”或是“女儿果”的，也是这样几瓣灯笼球似的包着。听说，那果子来自北方，能吃，也比这阳台结着的大多了。不明白这都是哪里来的种子？

也许是一阵风吹来的，也许是鸟雀衔来的。

无论怎样，阳台的花钵里，是该开花的开花，该结果的结果。一切热热闹闹该来的都来了。

“芝麻树”终是引人注目，夏天里，一天天高起来绿起来，都要盖过那边上的香樟了。叶子满窗的时候，也像那“灯笼”树般，同样开出些白色小小的花朵。夜晚，窗子的黑衬着那细密的瓷白，清新，素朴，像是姑娘家手上刚织就的印花布。

不几天，花朵不见了，“芝麻树”上结出绿色的荚壳。

冬天，完全不见了绿色，只剩枯竭的“柴杆”带着快要或是已裂开的芝麻。母亲说，乡下的菜地也种过芝麻，割芝麻不比割稻子，只能一根根，稍不注意碰到了哪里，就会有芝麻粒儿从那荚壳里一粒粒掉下来，落在泥土里。

阳台“丰收”在望，只差一个可以“收割”的“农妇”了。

时有风来，常有窸窸窣窣的声响。

终于，某天，这“农妇”来了。也扎臂膀也挽裤腿，一面擦洗阳台的玻璃，一面收拾这阳台的花钵。小心将那些芝麻的种子一粒粒抖下来，埋在原来的花钵里。“农妇”心想，就让她跟这香樟做个伴吧。

子曰：“君子怀德，小人怀土。”

“农妇”所怀，不过一窗明净的素色。清心，宁静，不是那样虚张声势的美。想想夏天、秋天已过的景象，这景象米勒画过吗？米勒只画那麦田的。这景象梵·高也不能画。“农妇”的理想，不过是如芝麻开花般质朴的光亮。只不明白，阳台的花钵里怎么就有了香樟、芝麻的种子，还有那可爱的“灯笼”树。一个偶然，生命就有了风中摇曳的美丽。

剪贴本和剪贴本上的诗人

剪贴本

从一个人，到另一个人，从一个地方，到另一个地方，那所有沉淀的时光与路途，就不是一个人不是一个地方，而是一个这样的剪贴本。这剪贴本在我这有好些年了，它的由来，要从兵哥的老婆说起。那时，兵哥的老婆和我在一个部门上班。兵哥的老婆一头齐耳短发，刘海边梳，因为上班，多数的时候外面就一身工装，没有多余的修饰，可是整个的人透着精神，就像日本电影里那个端庄迷人的幸子。

机械行业是力气活，男人的地盘。车间里女同志少，我们这就两个，一个是我，一个是兵哥的老婆。我这里只要程序编好了，机器就在自己的加工区里自动运行。除了偶尔的换件去看一下，其余的时候就多是坐在那。兵哥的老婆却不，她胆大，也不怕领导的脸色，只要有空，就捧着个茶杯往我机房里跑。兵哥老婆是单位里的老员工，同事间的一些事到她那里就藏不住，也乐意说。她跟我说话的时候，白白的牙齿露出来，眉毛扬起来，捧着个茶杯不住的笑。外面的师傅看到了，就敲着玻璃窗，探着头进来问，怎么这么高兴的？打牌赢钱还是中彩票啦？他们只知道她爱打牌，不知道这会儿，她正在跟我说着年轻时候恋爱的事。

那时，她和兵哥都还是新来的青工，冬天上班早上还要发煤炉。对烧开水、发炉子这样的“任务”，兵哥挺在行，但她却没有生火做饭的经验。轮到她“值班”，兵哥总是来帮忙。她开的是工厂里最大的平磨，工作的时候，那砂轮旋转，合着水花又贴着钢铁的平面来来回回，长长的火花飞溅，水面上一来一去，欢愉，飘忽。那情景亮光闪闪，又像是年的节日，烟花的夜晚。

某天，她在这样的操作台上无意间回头，却看到后面车床的兵哥，人在钢铁映出的光圈里，眼睛一眨不眨，正在看着她。兵哥老婆的声音合着机器的伴奏，时间，地点，人物，齐齐而来。我也跟着她重温他们的老“电影”。她说，你别看他现在老了，那时的他还弹吉他唱歌呢。结婚几年了，还有一女知青来看他，客人来了自然要好好招待。她说她一整天笑嘻嘻，端茶递水，忙里忙外。酒喝过了，饭也吃过了，客人还不走。夏天中午，容易犯困。兵哥心疼女知青，要她去里面的卧室休息一会，又吩咐他老婆，拿一床新买的线毯给人家盖。在兵哥，女知青是自家的客人，关照是自然的事。可兵哥老婆打翻醋坛了，就招呼兵哥拿椅子来帮忙取毯子，毯子下来了，人也下来，乘机狠命地踩了兵哥一脚。客人走了，她心疼地抱起兵哥的脚丫看。说到这里她又是笑。

兵哥老婆胆子生得比我们食堂的汤钵子还要大，平常休息或是去哪里做客，不管认不认识，只要有牌打，人家招呼就上桌，有钱没钱先打上，那兴致，男人还要逊色几分，兵哥管不住，可是兵哥宽容，又带孩子又顾家。那一年，工厂要整体搬迁到开发区去。通知下来了，车间里每个人都在忙着收拾自己的工具柜。也不记得这兵哥当时在不在，反正他老婆在帮他收柜子，就在那柜子的夹层，淘出了好些的“宝贝”，有大大小小的毛主席像章，一个白色带盖、上印大红语录的文革瓷缸，还有这样一个旧了却还干净的剪贴本。兵哥老婆举着那个筒形卷起的本子，一路笑嘻嘻跑过来说：留着没用，丢了可惜，知道你平时喜欢这些，给你了。接过翻开，只见里面规规整整，方形的、长形的、菱形四边的，各样剪裁而来的小块文章粘贴于上。开篇“卷首语”，不多的几行字，钢笔手写，一笔一画工工整整，像个在读的学生。不能相信又忍俊不禁，无疑，这是兵哥年轻时候的“手记”。

我有时看这个剪贴本，看那样细致的张贴，像一个远着的梦。当我搜寻这梦的来处，文字又把我带到了更远的风景。

剪贴本上的诗人

剪贴本上收录的多是散文诗。“湘江短笛”是那时候一家报纸的专栏，里面好多篇，又都是同一个作者冯六一。冯六一写《苹果》：“一把椅子，对着一把椅子。你在一种话语的中间，被轻轻切开。你的回忆，是青春的果园。”这是我最早知道的冯六一，是比网络还早的，散诸报端，被人细心收藏的冯六一。而我怎么也未曾料到，在不久的将来，我会认识这位名字简单、文字却不简单的诗人。剪贴本上的冯六一写《湘西风景》写《牧羊》，新浪网的冯六一“临水人洁，近荷心香”。

读过他乡情的《龙湾河》、天地寂静的《长江边的秋天》。他的诗歌，比我想象的更见优美。“在有青草的山坡 / 我是一个孩子 / 或许是一只羊 / 我想起一种爱 / 柔软的风儿 / 就把我飘浮起来……我不止一次 / 享受过爱我的人 / 递来削了皮的水果 / 此刻我在山坡上 / 望着阳光照耀的地方 / 把爱重新吃一遍。”还有同样美丽的“木花开在窗子上，一种迷蒙的黑色，透出质地的香”。

在许多寻常或者不太寻常的风景里，我常会想起这样的一句话。我会从他这样的诗行，品出一个海中之贝，品来一瓣心灵的沉香。那时候的我还没有见过他本人，我不能确定博客里的冯六一与那个剪贴本上的冯六一是不是同一个人？而这个诗人的冯六一似乎离我的生活更近一步，由他的《我们的鱼巷子》隐约知道，他也生活在同一座城市里。鱼巷子里有我太多的旧时光，我怎么能肯定我在洒满晨光、飘满鱼香的巷子里没有见过冯六一。

平江福寿山风景区。一个夏末秋初的清晨，那条去往茶场的石坡上，三三两两，全都是笔会而来同样早起的作家朋友。恰好潘刚强、李望生两位老师在我身旁，就带我过去，一一介绍。我跟诗人冯六一的第一次见面，就是在这个朝阳松岗、山竹挺拔的石坡路上。四野清新，空气里布满草香。这分明是他《牧羊》的山坡，而我又仿佛看到他那些美丽的诗行。

一条条巷子，一间间瓦房，一棵棵树木，东井岭在这样的时间里走过太多新痕，旧梦。因为博客，我又感受到一个离我更近的冯六一。他的散文，我看得最多的是他的东井岭。我与东井岭相邻为伴多年，而我从前住过的地方，又多形似于斯。我可以方便地就着他的文字在这样的世界里自由来去。这是一个海纳百川的东井岭，这是一个人间万象的东井岭，不动声色又情深意长，这样的冯六一盘桓在他的东井岭，用眼，用心。

透过文字的东井岭，我看见光，看见声音，看见影子。因为笔会，大家彼此熟络起来，才知道，剪贴本上的冯六一就是那博客里、这眼前的冯六一。

剪贴本之外，是各自不同的人生。时光流逝，我对阅读与写作也改变了太多的看法，才知道阅读的喜悦和写作的艰难。

雪要下未下、大雾未散的冬天，那就吹口热气温暖一下自己吧。

同事“三句半”

到王哥家做客，开门、拿鞋、端茶递水，很是热情。如果他说，你好，你好，你请——后头没说完的，准要张口半天。好兄弟看他难受，王哥伸手说请，答曰坐，王哥举杯说喝，答曰酒，活脱一个应声虫，满堂哄笑。王哥先天口吃，一到紧张激动，说不得三句。所以，又有好兄弟发明他外号“三句半”——前头说话自己的，后半个，要别人帮忙。

“三句半”说话含糊，办事可不含糊。从前，厂里进口了一台“问题”机床，二百多万的天价，弄了来却是走走停停，无法生产，德国人飞来飞去，弄到最后，挥挥衣袖，不带走一片云彩。如今工厂改制，换了老板，“三句半”身为技师，带着两个徒弟围着机床转了半月，硬是将一团死铁调弄得滴溜溜旋转。

那些年，厂里“下海”的人多。有的自主创业当了老板，有的跳槽打工，上了新的台阶。有人说，电机厂风水宝地。也有人说，是跟对了国家的形势。总之，出去的都是成功人士，都赚了大钱。“三句半”看得眼热，也想搞活。开过饭馆，试制过涂料，学过驾驶，还跟人合伙，办过一家竹器厂。不说工商、税务、城管，方方面面的跑，厂里还不肯放人。这合伙的事儿，弄了三年，心有余而力不足，钱没赚到，却亏了个窟窿。

亏钱、破产，这样的事如今算不得稀奇，但那时还少。“三句半”淡定，谁都不怪，“钱是要——要人赚的嘛，都去赚——赚钱，谁来做——做百姓？”

还有绝的，“想死——死？不容——容易？洞——洞庭湖又冇——冇得盖？”

那些倒霉背时的事，不是人人都玩得起，“三句半”的洒脱，倒叫人羡慕。“三句半”说话结巴，唱歌却不结巴。厂里联欢会那次，轮到“三句半”上台，满世界的自由自在，全在他一曲“神奇的九寨”。有参加联欢的退休老太回来夸赞，那比音响店里的唱得还好。

瞧，差点忘了，“三句半”还喜欢跳舞。关于他，早几年还有则跳舞的笑话。那时，岳阳的低价舞厅一元二元的票价，夏天还有立式的空调。“既享受了音乐、空调，又抱了堂客，还可以减肥。”背了王嫂，“三句半”拍着自己的瓜皮肚，如是调侃。不过，“三句半”嘴花心不花，人倒是憨厚。王嫂精明漂亮，可是他贴心贴肺的内官。

“三句半”很有些惧内的笑话，最经典的一回，是“三句半”打牌的那次。那是在厂家属区平房，王嫂得信赶来了，气大声足，人还在前门，“三句半”立马起身麻将一推，自后门一溜烟而出。事后，牌友同情满面，笑他。“三句半”也笑，满脸弥勒。

看“三句半”痴迷舞场，同事就痞他，只想挖他“墙角”——问他是不是有了“绊绊”（岳阳方言，本意为鞋带，方言读鞋绊，晦称情人），是不是天天跟“绊绊”跳舞，除了跳舞，请不请“绊绊”宵夜、回家的事，是“绊绊”送你还是你送“绊绊”。兄弟你得悠着点，好多的“绊绊”学问，很正点，兄弟你懂不懂，千万可别走火喔。“三句半”一派风范，倒像在看人家的笑话，只是仰了头跟着人笑，不置可否，也不申辩。偶尔，还曲里拐弯地附和。看玩笑愈来愈痞，“三句半”这才急了，再不逞英雄“我就算有——有贼心——也冇——冇贼胆呐。”

“三句半”结结巴巴，张口正脸地说实话。那些说过疯话的只图着嘴巴子快活，哪里管得了这些，只说不信。也难怪，那时的“三句半”初入舞道，跳起舞来不分昼夜。人家一天一场，他是一天三场，还嫌少，上午跳了下午跳，下午跳了晚上还去跳，着了魔般，没有条断（岳阳方言，没有收敛之意），如是一星期，两腿肚跳得抽筋，贴满膏药，走路都困难。

此刻，许多的同事聚在我的机房，自然，“三句半”也来了，正对着电脑上的文字专注地看。无论如何，这“三句半”的“痞话”说不下去了，于是，想敲些动听的话来，给他扬名立万。可是，搜肠刮肚，还是为难。说来说去，这“三句半”只是个普通中年，如满地里浮游的众生，又像这道上的沙砾，街头巷尾，随处可见。

首推的可爱，是其外圆内方、温和自在、不让人受伤的姿态。尽管，是有些小市民的，好享受的，油滑的，却影响不到他生存的态度、处世的原则——做着平常人的事，说着平常人的话，也做着平常人的梦，以并不自觉的状态，呈现我们社会最大众也最有韧性的一面。

敲完问他，这样的算不算动听？充不充得门面？

“天才”儿子的一句话

做儿子是男人终生都要勇敢的事。这话谁说的？好几年了，在纷纭褶曲、舒卷自如的心绪间，时时地想起这样的一句话。那些高兴的、心沉的、彷徨不安的日子一片片叠加，构成斑斓，构成记忆，构成我与儿子生活的图画。

还是从我一个同事的老公说起吧。女儿还在摇篮里，同事的老公就忍不住夸赞，咱女儿笑起来真好看，我没见过这样好看的，你看那眉毛那眼睛。长大了，看她家娃娃，其实也就是寻常女儿，模样还好，但不是他满口夸赞绝世稀奇的“皇后”。大概，在一个父亲眼里，女儿的眉毛，女儿的头发，女儿的笑脸，无一不闪闪发亮。

自然，在一个母亲心里，这儿子，也便可以是“天才”的儿子。

做儿子是男人终生都要勇敢的事。这话谁说的？有那么几年，我的心绪起伏，不能平静。说起来，就都是一个年轻妈妈心里的惭愧。如果时光回转，我家“天才”的儿子就不会在自己的作业本上写下这样的一句话。而那又是个怎样的心情？

那一天下班回来，在儿子的作业本上看到这样的一句话，本上有未完的作业，儿子在他的玩具堆里。我用少有的柔和问他，这是你写的？“终生”“勇敢”，哦，老天。瞧瞧这样的话，我简直不能相信。但千真万确，这是儿子的笔迹。自打儿子上学，这“天才”的笔迹就让我饱受折磨。那么多字帖都没用，注意的时候还好，一个不注意，所有的字就都是歪歪扭扭全体放倒。中国人有句话，字是门头书是屋，这可怎么好。只好拿出家长的派头，压着性子耐心说。可是千说万说不上路，这“天才”的生活在别处。实在，他有未完的“事业”，他只想快点完事，回到那积木的丛林、长筒的火车，回到那汽车、飞机的“海战”里。所以，就有这说到绝望、说到伤心的时刻，一不小心，就会扯着儿子的耳朵大声尖叫起来，我忘记儿子只是个没有长大的孩子。

看我这样问，儿子有些扫兴（估计要离开积木堆）又一脸茫然。大概他是放学回来，作业本上写过的，玩具堆里一去又忘了。确实是他写的，但这话像个闷闷的棍子，让我看了半天回不过神来。我对儿子的紧张，也许源于对身边社会的紧张。我只是希望，孩子有足够的时间填充知识、填充所有将来的应对。比如，小学三年级不到，我就开始要求儿子写作文。不止如此，每个周末还要去老师那里学英语、练架子鼓。

记得儿子小学三年级时候的作文，写学校运动会“枪声一响，运动员就像一头头怒发冲冠的斗牛，红了眼睛不顾一切冲向终点”。我当然知道儿子的意思，但那个形容词“怒发冲冠”让我哭笑不得。“斗牛”的比喻也不妥，倘使如此，那裁判都要跑光的。也想过办法。那时的儿子对电脑游戏着迷，我就拿家里的《红楼梦》跟他交换。等于说，儿子每礼拜要看完《红楼梦》里的一章，并且要清清楚楚地讲一遍，才能得着那一个小时的电脑游戏。我喜欢《红楼梦》，但知道儿子不喜欢。因为游戏，儿子只能勉强答应。到后来，看儿子作文，说话的口气完全不似那个年龄的孩子，我是实在后悔，这自然要不得，交换从此终止。所有那些，对一个孩子，过早读那样的厚本，实在是一种有违天真的罪过。也许儿子如我，不过想做个平凡轻松的人儿。现在的儿子也看《红楼梦》，但是一切自觉自愿，无须当年交换的游戏了。

对儿子的音乐特长，我那时也有过不小的期待。儿子初练架子鼓时，几小时端坐不动，姿势固定，一手一根标准的鼓棍，要打着面前那个练习的米袋子。久了，手板、指头就起了水泡。但为着来年七月的比赛——精神还要集中，手痛不能停止，不能中断现在的练习。

2005 年 7 月，带儿子在澳门参加首届世界华人艺术节。表演在什么会场我忘了。只知道车过跨海大桥，在另一个岛上。最开始，儿子不知是紧张，还是他的指导老师未能同行没法专心，反正没想到，他的鼓棍一下子掉在了地上，好在儿子知道继续，那曲《说唱脸谱》儿子算是完成了。鞠躬，下台。台下黑压压一片，那么多陌生的观众、专家、评委，还有参赛选手的家长，我记得其中的一位评委叫赵青，因为是女士，印象深刻。对一个十一岁的孩子而言，完成已经是不可多得的壮举。可是我，只有失望。闭幕式在澳门大学。一夜休整，所有来宾自各分会场源源而聚。人人穿着白底印红字的棉衫，整齐醒目。“世界只有一个中国”这是口号，也是这次盛会举办的宗旨。儿子得了个铜奖，在回来的车上也高高兴兴。活动结束，参观澳门博物馆、中央大炮台、大三巴牌坊……走马观花，儿子一样样看去，不觉得任何的新奇。车到金莲花广场了，好说歹说，再不下来。

做儿子是男人终生都要勇敢的事，乍看，啼笑皆非，但这是一个孩子思绪自然的流露。对母亲，他选择遵从，选择恭顺，他以自己的委屈应对成人的压力、粗暴的专横。这样的一句话，就让人经年思索，眼热久久。到儿子上高中，那架子鼓的事马马虎虎放下，搬到了同事的家里。

送鼓的那天，微风细雨。儿子撑伞，细细擦拭银灰色调的鼓身、微痕洒落的鼓面。我知道，这样的擦拭，会擦出他心里那么多当年的委屈、习练的情感。我由此欣慰，儿子好像在这样的一瞬间突然长大。

现在，儿子在卸下一个个鼓桶，与它们老朋友似的小别。

做儿子是男人终生都要勇敢的事。生命倘是能早日明白，将会少却怎样的唠叨、磕绊。

记得一位曾经的同事，上班时说到他孩子。那是个学习优异、温和雅静的孩子，今年考取了南京大学。但在十五岁那年，跟父母也有过碰撞的对立。一次因为电脑的事，父子俩吵起来，同事生气了作势要打他。哪想到，孩子的拳头握得紧紧的，他可能觉得父亲不讲理，也可能在害怕、紧张。那架势，同事看到也一下骇然，两下收兵，偃旗息鼓。

自然，我与儿子也有过争执。几年下来，我欣喜地看到儿子身上的变化，再不贪游戏，学习不用时时地盯，一切全由他自己安排，他可以自己选择需要的资料，归纳学习的方法。有时，我看到“天才”儿子小老虎般趴在桌子边做作业，就会笑着问他当年那样的一句话，“天才”儿子只笑笑。大概，当年的“恼恨”早已淡然。有时儿子回来早，会主动帮忙煮上饭，乡下有亲戚来，他会烧茶递水热情接待，他会做简单的家务，洗衣、拖地，煮水饺，做简单的鸡蛋炒饭。儿子知道的不只是读书，还懂得了这样那样的生活常识、简单技能。

也许，每一位人到中年的父母，对自己的儿女或多或少有过希望。几年的反思，值得庆幸，不见了争执、咆哮的声音，代之以和平的亲情，我与儿子在共同见证，互为成长。我希望以“天才”儿子的那一句话，作我时时的警醒。我还希望，微笑的彩虹升起，在时间的深处，在你我的心上！你是快乐的，我也是幸福的。

“猪栏房”旧事

记得刚参加工作的那一年，很久没有回家。大概，九月份单位报的到，十到十一月份人在苏州。等母亲找到我单位的时候，大抵已经是年底了。母亲从来没来过，可是一点没错地找到了我住的地方。那时不像现在，没有普遍的手机，办事找人要靠碰运气。母亲是一个没有多少文化的农村妇女，居然在这个城市的一隅找到了我，我很是惊奇。

因为是中午，赶紧去食堂给母亲打饭。一切匆匆，未曾细想。十多年后的今天我才想到，那时母亲一定仔细看过了我住的地方。房子是单位新盖的青工宿舍，就一层，中间一条对过的走廊，东西向，很长，所有的房间，隔走廊门对门、顺走廊门挨门，一溜儿排开。这样的排列，也是那时单位里公房通行的样式。我不明白的是，那地方明明是寝室，房子新的，既没养猪，也没有猪栏，单位里的人却都喊它“猪栏房”。

“猪栏房”是我曾经呆过的地方。就算是后来结婚走开了，偶尔还要去那里的姊妹处转一转，一起嘻嘻哈哈地把什么烦心事都统统抛开。我很不喜欢“猪栏房”这个称谓，但没办法，大家都这么叫顺了，好像除了我，也没什么人觉得有什么不妥。后来才知道，我所在的单位前身是罐头厂，罐头厂水果多，而我们住过的地方，以前还真是一片猪栏。

“猪栏房”里住的全都是本单位青工，分来的大学生也有不少。一个寝室三个铺，大小统一，都是十来平方米。天花板上挂着的是吊扇和电灯。每个房间，布局、摆设大体相同，容易让人联想到学生寝室的样子。女生住东，男生住西。中间是卫生间，说是卫生间，其实又还是大家兼得的澡堂。顺墙连过来，是一线洗手池，齐腰高，十几个水龙头分挂两边，一字儿排开。洗手池中间是高高的铁栅一直抵到了天花板，楚河汉界，女生在东边，男生在西边，大家各自用水，井水不犯河水。都是单身汉，吃饭的事有食堂解决，剩下不多的一点人生大事，总得在一块儿凑。虽然隔着高高的铁栅，虽然在各自的地盘，大家常年在一条长廊里进出，男生看得见女生洗脸，女生也看得见男生刷牙，最初的羞怯过后，也只能将就，自然而然，也就成了习以为常的事。

热闹的是下班时候，大家都喜欢端着饭盒回寝室，等吃过了饭，两边的水龙头旁边就全是人，那样的情景真是“壮观”——有洗碗的，有洗衣的，也有着急洗头、洗脸了去约会的。人生到这时的和解，洗脸者、刷牙者互为风景，也有男一声女一声断续相连的对歌，大家都在年轻的心里，一个战壕的同志。“猪栏房”旁边，那几条平房里住着的大妈大婶得闲了，就会抱着自家的娃娃来看热闹。

条件总有改善的时候。没过几年，“猪栏房”旁边有了动静，盖起了六层高的青工楼。大家欢天喜地地挪窝，搬房子。再看从前住过的地方，心情真个是从“地庙”住进了“红楼”。总算有了属于自己的厨房、厕所。虽然，房间里住着的还是那两三人，做饭的厨房需要一起计划使用，可是这样的一切无关紧要。1997 年，单位被福建中闽收购。2005 年，中闽转手，又变成美国 A.O. 史密斯公司。单位变了，而“猪栏房”还在。里面居住的，多是新面孔，单身职工少，完全不是原来的用场了。前头的苦苦甜甜，成了“猪栏房”里永远的历史。

我不记得当时跟母亲在“猪栏房”寝室里都说过些什么，反正，芝麻绿豆的一大堆。母亲很少说话，母亲望着我时，只说了一句话——丫头，你连不晓得回家呢。到现在都还记得。我想，那时的我一定是没心没肺的，不管纸上写得多么动听，青春的叛逆带着高飞的内心让我从来不记得想家，读书写信也多是要钱的事。母亲却不同，很久没有看到孩子的话，担心会让她克服一切寻了来，不管多远也不管多苦。直到我有了小孩，似乎才明白做娘的心。十多年过去，我住过的“猪栏房”，连同母亲对我的探望，似乎就发生在昨天，感觉如此鲜活。

追梦的人

你来了。我们在一个旅程里。一起等车，车不至，就走路。路上看到一座山，远远的，巍峨爽气，一派苍绿。有人介绍那大山南面的情况，说那里的人家因为不可抗拒的污染，都是生病多。我听到那样的话，心里担忧，可没有停留，继续赶路。终于，到达一个样子古旧的山门前。由这个山门开始，我们进到大山深处。而之前那个介绍的人这时就说，到大山里边都是由这个唯一的山门进出，这让我突然觉得这个山门的重要。就像电影里的画面，我经过它时又回头，看了好几眼。我们一路上或笔直或拐弯，经过了许多道门，也看到了一个个就像是千万年前存在的，那样原始而又古老的地方，都是门里的世界。这其中，有的门那么矮小，甚至还有机关，需要身形一缩，不那么优雅地跳进去，才算通关。你轻盈，而我笨，付出的努力可想而知。我们一直那么匆忙地赶路，要去哪里不知道，最后到了哪里也不知道。

这是昨夜的梦。早上醒来，怅然若失。

打开窗子，各处屋顶，白的雪。下楼，家门口、小院里、马路边停留的车辆上，都挂着长长的冰凌。一场覆盖江南的雪，让眼前的一切都变得明亮，冰清玉洁，又似曾相识。一路上，人那么少，车那么少，又回想起昨夜的梦。梦里沿途经过的站台、地名都忘了，但那样的清寒、隔绝，独独不忘，像极了眼前。还有梦里遇见的那个守门人那么友好，容许我用那样奇怪的姿势，不很轻松地穿过风景线中的那一道门。之后的场景，是房间，铺满了玩具，有些凌乱。我停留其中，看到一个小飞机模型。这时的你去了哪里我不知道，我瞬间回到童年。一个小孩，在不停地转动着小飞机蓝色的螺旋桨。从守门人的表情看，那个小飞机价值不菲。

梦境很大。寂寥，不着边际。我还记得在两人汇合、到达山门之前的一段路。我看到母亲，一个人，在路边菜地里，问我要不要拿个菜。那种方言里叫齐心菜的，菜地里有很多，长得快有半人高。我要搭车赶路，坚决不带。那菜地，看着不是老家的，但人在梦里不觉得奇怪。母亲为什么在那里？我经过母亲，却把母亲丢在那样的梦境。梦里你又去了哪里？那个唯一的山门入口，还有我看到它时停下来的小飞机模型，感觉那么的熟悉。

回声与影子自梦中倾倒 / 那些透明的翅膀自门里飞出 / 我走我的 / 连我也是透明的 / 像一个突然醒来的人 / 重又走进，万物生辉的梦境。

当生活被梦境瞬间照亮的一刻，我就觉得，梦的洪流在倾其一生，自带魔力。梦，来来去去，如此隐秘。它需要积蓄多少星空的力量，需要积攒多少的前世今生，需要穿越一扇扇怎样的门，才能抵达这世间的纷纷扰扰、平平淡淡。梦的蓬勃荣枯，梦的挥之不去，那种陪伴世间的停顿，都不是偶然。而我唯一能期待的，不过是它在我心灵的燃烧与熄灭。因为梦，我一年更比一年地珍视，也一年更比一年地相信，生命中的似曾相识，那种让人备觉主宰、不可逾越的力量。那样的时候，我就觉得，梦像一个神奇的镜子，有时照见生活的幸福，有时却也照见世间无尽的惆怅。

看到过一句这样的话“愿你一生勇敢且温柔，有爱可寻，有梦可追。”梦境之美，在它的流逝。而我，不过是这世间追梦的俗人。

女儿红

湘北的汉子是好酒的，白酒，下到喉里，烈烈的。有人结婚，就说是吃（读 qia：湘北方言）喜酒；老了人，就说是吃白酒，只不说做客，做客的定义似乎就是两个字，吃酒。也许他们酒不喝，但是他们喜欢这样喊，他们在自己的习惯里，没有人想过为什么要把做客说成是吃酒。其实，红白喜事，再多的渊源，我们年轻的一辈终是不懂的。中国的酒文化源远流长，喝酒的时候，人是酒中神仙，诗是酒中极品，比如李白、苏东坡，酒喝得好，诗也做得好。人不同，喝酒的趣味各有不同，酒不醉人人自醉，算不算喝酒的最高境界？最没意思的是喝闷酒。也有好酒吃不起酒的人，就有人形容是“拿马鬃蘸酒吃”，那馋，那不舍，全在那一“蘸”之间，绝了。

见过一次天真烂漫的喝酒，那是同事带女儿做客。同事是个幽默的人，头上一顶礼帽，人中一撮胡子，活脱一个“卓别林”。他的礼帽不便宜，黑色羊绒的料，是我们几个从苏州回来途经南京，在夫子庙秦淮河一带瞎逛，被他一眼瞧见了，犹豫再三买来的。他的胡子为帽子而来，呢子大衣也是。大家头一次见到他这身行头时，先是一愣，接着哄堂大笑。一个转身，他却变出了一根拐杖。这真是有趣。席至中场，“卓别林”和女儿爷儿俩脸对脸、手对手，两个人唱起了“大戏”，口里念着，手上比划着。天，整整一层楼，连那送菜端盘子的服务员也都来了，全都乐开了花。父女俩就那样划开了拳“哥俩好啊！三桃园啊！四季财啊！八匹马啊！”俯仰之间，杯酒下肚，礼帽也下来了，喝！接着又重来“哥俩好啊！”

女孩很少输，输了也不罚。娃娃聪明，口齿伶俐童音悦耳，前几年考上了北师大。父亲大字不识，女儿却如此出息，这真是一对特别的父女。那一个“哥俩好”，给我留下了很深的印象。我当时只看得羡慕。我是永远不能跟我的父亲这样“哥俩好”的，将来若是有了孩子，我是一定要跟他“哥俩好”的。很多在场的同事，到现在谈起来都还记得那场景。一个“哥俩好”，足以让现在的家长们想了又想。

论起喝酒的豪爽，还是北方人。我就见识过一个天津汉子，来我们单位公干。到的时候是中午，领导走了，我请的快餐。应该说，我也是豪爽的。但是我不喝酒。到了晚上，领导来了，北方人喝酒用南方人喝茶的盅，那种深筒的高杯，几个杯子排一起，白酒满上，那人很猛，跟人一碰就干，果然很快地醉。所以，喝酒还是节制的好，醉了无趣，也怕失礼。

在湘北，地方不同，喝酒的礼数各不相同，若是不懂，有时就会撂下笑话。同学去平江的大山里扶贫，山里汉子待人热情，人家扶贫干部啊，不能怠慢的，一场酒就老劝。同学本来有点量，可是初去农村，也怕，心里叫苦，又不能拿大，更不能伤了感情。那边就不停地劝，这边就做死地撑，不醉也醉。其实，那里的风俗，你喝到不想喝了，就要把杯子倒过来轻轻扣在饭桌上。这样主人家就不会诚惶诚恐地担心，怕客人没喝好怕自己没陪好，也不会老劝。大概，反扣酒杯，是酒在湘北山区的一种手语吧。

对于酒，湘北的女人多是能喝却不喝的。不比红楼梦里的女儿们，可以喝酒吟诗，醉卧花荫。湘北的女人怕醉，喝酒的女人多在自己家里喝，很少有当众醉酒的。不过，失恋的女人敢喝，不怕非议的女人也敢喝。我就见过一个女人喝得烂醉地被人扶回来，躺在别人的家里发酒疯，哭哭笑笑，还摔东西。又见过一个好笑的女人，饭馆里喝酒喝到跟人家男同志比钞票。一看就知道，两个人都是牌鬼。大概本来就熟，酒劲上来了，伤心事越说越近，两个人靠一处，四只手蒲扇一样摆一起，摊开两大把钞票，扑克牌似的齐整，自己数自己的，却是在沙场酒点“兵”了。

有个认识的朋友，好喝出名，每喝必醉。一次醉了，不知怎么跑到自己哥们的楼下大声喊：***，你要是以后办离婚，来找我——我给你盖章——给你盖——章！那时他才到街道办事处不久，他的好意是通知哥们他那儿办那事方便。但是那事不能随便办呵，更不能这样鼓动人家的。噗的一声，天上一盆水，醉酒的人成了一只落汤鸡。

说出来吓一跳，其实我的酒龄至少大于零小于五的。奇怪么？那时我在山里，外公喜欢喝酒，喝酒的外公周伯通似的淘，拿筷子沾上一星半点，害我。那个辣呀！但是外婆在棉絮包裹的脸盆里酿出的酒，那是糯米煮熟了，凉开，把那种做酒的专用米粬细细地揉散，撒在糯米饭上，拌和均匀，密封包起，过几天闻到香味，就成了，那甜。那也喊酒，但不是白酒的辣，湘北人多喊甜酒。甜酒是白米带水的。甜酒滤水兑上白酒，密封装瓶，就不喊甜酒喊米酒了。所以，湘北的人家请客，就有米酒代白酒，经济，也不俗。那时，我大概很喜欢甜酒。有一次印象很深，看到哥哥、姐姐们笑，一直醉了醉了地笑着我。我想我哪里醉啊，我靠着外婆，不作声，不知人家为什么笑。

这事印象深刻，也许酒醉心明，也许真的醉了。长到十来岁，家里开了个小店子，卖百货。店子小小的，酒缸大大的。农忙时节，很多人来店里打酒。那酒香呵，让人好奇，也忍不住。于是，偷偷揭开了父亲的酒瓶盖，就用那小小的瓶盖喝，一次一盖，不贪，没人发现，也不用洗杯子，办完事，“洪七公”一脸无事，很是自豪。小大人窃喜，知道自己也是能喝的。

大学里喝过一次。一个男孩结拜的姐姐去看他，我有点不明白，他的纸条说了喜欢我的，我却是不喜欢这样的复杂，不知怎么就想到了喝酒，学校商店里买一瓶白酒，闭上寝室里上铺的纱帐，不让人看见就那样咕咚下去了大半，水都没有喝一口。还好，没醉。那时多是不懂事的，很多的事只是做给自己看，日记本里抄来的诗行也是，这都是一个孩子的幼稚。

从童年到少年，一直受着那样淳厚的酒香浸染。长大了，看过太多的事，父亲就是喝酒喝病的，就是父亲在世时手酿的那坛“女儿红”，我也不喝了，很多人试过它，却说好。“女儿红”其实是用我们那的葡萄酿成的酒，葡萄酒。这名字好，心里喜欢，就一直这样子喊它。酒还是可以喝的，那要在自己的爱人面前。人生一路走来，酒终是让我知道，什么是敢爱敢恨，什么是疾恶如仇，什么是性如烈酒，纯净如酒。

生日之旅

自从小弟弃世走后，母亲是逢庙必拜的。说起来惭愧，我是她女儿，可是我真的不知道她到底拜了些什么。“五一”长假，原想出去散散心，呼吸呼吸外面的新鲜空气。不巧，母亲打电话，说要过来。翻开桌上的台历看，知道母亲出来是躲生日的。

母亲今年的生日，阳历恰好在“五四”。我很有把握地开始琢磨。母亲，到君山去不？一天来回离岳阳很近。母亲双手抱着茶杯，有些犹豫地坚持，死丫，要很多钱呢。我就老谋深算地说，君山有好多庙呢，有江南第一大祠——湘妃祠，您敢不拜？母亲放下茶杯就瞪我，我是阴谋得逞的笑，天地良心，我得说，母亲真是有些动心了。

五月四日，车过闹市，船过洞庭。

终于可以放眼四望了。靠着轮船栏杆，看身后的码头、林立的市区一点点远去，心里只觉着逃离的畅快。几只翻飞的白鸟，很是诗意地追逐着前行的甲板。瞧，君山！君山！有人指着前方欣喜地呐喊。码头，山岩，愈来愈清晰的大字“国家级君山森林公园欢迎您！”

说起来惭愧，大二那年“五一”，也是到君山。可惜，那时的我，看山不懂山，不过是青春自大地瞧过一次、走过一回。所以，说起来，我对君山真是没什么印象。因为有母亲同行，先拜庙。一路瞧来，这君山岛上真还藏了些菩萨。不过，可以肯定，这每个庙里的菩萨都是要花钱的。不记得逛过些什么庙，倒是记得，在湘妃庙里摸金龟一次、烧高香一炷。做法的小姑念念有词“摸摸金龟头，万事不用愁。摸摸金龟背，荣华又富贵。摸摸金龟尾，做事不后悔……”芸芸众生，只乐得开心。只是，这十元、二十元一路过来，弄得母亲起了惶恐，就一路嘀咕，怎么这君山的菩萨就这么贵呢？我笑着说，母亲，菩萨越贵越灵验呢。

出湘妃祠，沿湖公路侧面的湖坡下，全是些蓬蓬翠翠的旺草，我的目光，开始在漫山遍野的绿色间跳跃地搜寻，野地的山坡偶尔夹着些白朵，湖风吹来，摇曳的清香。湖草的纤柔，更显了林木的刚强。然而，这刚强，早已浸润了水乡的柔美，是一眼望去精致而舒服的，也是这江南水乡门前屋后所熟悉的生长。记得大学时出游，有位林科系的同学，指了那万山红遍的岳麓山，将那满山高低的乔木林林总总地评说。我那时是不懂树的，听起来真是新奇。现在的我，依然是不懂树的，不过是以轻松的说笑，作着这翠色之海的人生过客。就指了那山坡的结楂问母亲，大概是……母亲有些犹疑，想说，然而真是不知道的。有些调皮说，叫柴火呢。您当年也打过柴呀。柴火？母亲满脸的疑惑。

很快，连片的绿茶，吸引了我们的视线。茶是顺坡生长的，一垄一垄，波浪的条纹，颜色是可以入画的清新。母亲待在一株茶树旁弯腰摘下片嫩叶，很是仔细地瞧看，品尝，若有所思，倒像是在回味某段过往的岁月。我瞧着母亲，却想当年的母亲是以怎样的身姿站在她家乡那红红翠翠的茶山坡上。

不到二妃墓，就想不到这君山岛名的由来。过去的荒岛，毁掉了两个女子的生命，却也成就了“君山”——一个惹人怀想的岛名。我的眼前现出了两个女子，模糊的背影，衣袂飘飘，相伴相牵，那是娥皇和女英。是什么样的勇气可以让这样柔弱的女子不畏艰险，走上千里寻夫的漫长之旅呢？看着这满山的生长，我在那绿色里寻找。我终于看到了，一种别样的微笑。君山岛，我的爱情之岛，此一刻重逢，就让今天的我，这洞庭泽地的后人，在庄严的肃穆里，以竹当香，以湖水代酒，来祭奠你千年不老的爱情吧。

下午三点，轮船返航。一场大雨，将四散的游人赶上码头。好不容易上船，舱里又起了争吵，很不是味道。不过，心里还是酸酸的得意——我终是第一次，拉上我亲爱的母亲来结伴同行。君山之旅，是母亲的生日之旅，母亲是为儿女去跪拜她心中的菩萨。而我，终是以沉默的柔情来朝圣这无上的爱情。

西塘桃花行

早几年，叔叔给家里捎来过几十斤胡柚——说是西塘的胡柚好，自己的车刚好换成西塘的牌照，顺路，却没有说到过那里的桃花。周末，单位组织春日旅游活动来到西塘，等见识了西塘的桃花，才想起叔叔每天就在那样的路上跑。为生计奔波的人，道路远超过桃花，大概没有注意到公路以外的景致。然而，西塘的桃花是真值得一看的。

去西塘赏桃花的多是城里的看客。

我们的社会还没有进化到在城乡之间划上完全的等号，城乡差别暂时还在。郊区大量的农民工随了他们的子女像潮水一样拥向城市，他们满面尘土，满身疲惫，又满心希望将来的子女成为这座城市的基面。为此，他们辛苦努力，几十年如一日，一心向往、也幸福于这样的铺垫。如同我年近六十的叔叔，除了开车，没有时间也没有精力去想生计以外的事。这样的时候，他们正在奔忙的路上。他们不会专门来到这里，为一片桃花为一片风景，成为一名过往的看客。

对金钱追捧的狂热，扩散到农村，就有花样繁多的借口打出商业的招牌。这样的一切，在暂时的西塘却还没有。这里只有老实憨厚的种桃人，每家几张山不等。他们没有为难也没有设卡，他们其实很可以这样做。老实憨厚的种桃人锄草施肥，立在红红绿绿的山坡上，望着你笑，偶尔还送你一把新采的蕨菜。你在看他的时候，他也在看你，脸上是那种中国式农民独有的表情。一切的看客，他们已习以为常，哪怕像我们这样未经许可就进到院门的干扰。能有人知道他们的桃山，知道这里的桃林，或者能在日后的季节里转回来买桃，看花的时候，对花枝不要有太多的惊扰，也许这就是他们心里极大的满足了。

如同一切最初的渴望。城里人其实这样稀罕乡下的一切，坪里的土鸡，田里的菜，地里的农人。而在西塘，桃花更是永远醒着的主题。面对风景，面对桃花，心里就有了渐起的惶恐。城市的生活，让我们有了太多的习惯，我们好像快要陌生于这样不要门票的风景。对于西塘，我的心里仿佛因此就有了超出一百种的想象。

西塘的桃花，以西岭为盛。

人若在开满花树的山坡，漫山遍野，就都是摊开的美景。到过苏州的香雪海，那里有冬天的梅树；见过杭州的菊展，那是人工的彩条（嫁接）；也养过盆栽的杜鹃，小家碧玉的精致。单株的桃花原也寻常，却没有见过这样成片的桃花林。海一样的铺开，那样的明媚。随车而往，转一个山坡，看见漫山遍野的桃林，粉红、粉红，又一晃而过。再转一个山坡，粉红的霞彩，又接着重来，连带着白的屋舍、绿的田地、清亮的池塘，山坡在一种忽忽相连的惊喜里。“忽逢桃花林，夹岸数百步，中无杂树，芳草鲜美，落英缤纷。”似乎误入了陶渊明的武陵源。

说是桃花吧，又不尽然。那粉红的才是桃树，白色的却是梨花，也有明黄明黄的油菜花，可是，去西塘，人不说梨花，不说油菜花，只说那里的桃花。“桃之夭夭，灼灼其华。”三千年前，我们的《诗经》就在这样的说着桃花。“去年今日此门中，人面桃花相映红。”在西塘，在西塘春天的山野，你可以用彩虹一样的诗句，彩虹一样的颜色，彩虹一样的美丽，串起一切有关桃花的爱情故事。为着这样的一切，西岭的山坡，就有了活力就有了遐想就有了自由轻松的张望。山在眼前，田在眼前，桃花在眼前。看着桃花在风中颤悠的灵动，人的步子就不由停下来、呼吸就不由慢下来。重拾心头的天地空明。却想起梵·高的油画《盛开的桃花》。时光、旧梦、伤痛，一切在这里相逢，在桃花之上，说着如此简单、快乐、明白的话语。似乎有迸发的笑声，春天的花海就这样长出了翅膀，以这样的姿势长驱直入。

西塘的桃花名声在外。一路都是慕名而来的游客。田边、村畔，窄窄的水泥路，两辆车对开，让道都困难，但是人到了这里，全没了脾气。城里紧张的一切，在这里尽可以放下抛开。山坡有怒放的生命，春天有开花的语言。因了桃花，一种旋律就在这春天的山野里回响。

跑步·广场·音乐

傍晚，因为赶着发邮件，健身“打卡”来得晚，朋友圈有四十几位运动过了万步。东风广场，习惯性顺跑道，逆时针方向跟随人流，转大圈。可喜的是，在东风广场东边中部，路口靠近跑道的位置，今晚的是音乐献唱，替代了昨晚的喇叭里一遍遍小吃叫嚣声。我没带币，看见有人投，不好意思紧站着，回跑道，继续转圈子。

因为手机下载了一个“形色识花”App软件，有时趁天色，转到那跑道里边的草坪上，用手机寻找、拍那些连片生长的花花草草。还真的认识了不少。而其实，每天傍晚，东风广场上跟随那些休闲锻炼的人们出现的，又还有各样的狗狗撒欢的跑。有的在草坪上，有的在跑道上。“形色”App可以识花。如果有“形色”App可以识狗，我一定也是毫不犹豫地在手机上下载一个。那样，拿手机对着它拍个照就可以知道它是个啥。这世界，有太多我不知晓的事物。

我这样想着的时候，天幕几道闪电，刹那，又消隐。

天空的背景依然是墨色，黑暗。

我举起手机连拍的时候，天空又是那样闪过的几道。天黑了，闪电快得难以捕捉。风在高处，掀动我正在经过的，那棵水桐顶端茂密的叶片。而地上的人，一点也感觉不到风的存在。草地升腾的气息，四面夏草的清香，人在跑道上，不由得步履轻快。

因为闪电，等我转到东边路口跑道，那对献唱的音乐搭档已经在收收拣拣，准备退场。除话筒之外，他们还有一架电子琴、两个笨重的音箱，这些东西怕雨淋，或许，是他们吃饭的家伙。我从不避讳对音乐的喜欢。谈不上鉴赏的层次，不过是粗略。民族的，通俗的，现代的，古典的，黄梅戏，京剧，钢琴曲，管弦乐……喜欢的五花八门。

从六月份，下决心每晚从电脑上抽身而出，制定健身目标——每天运动一万步开始，我就发现，东风广场上音乐无处不在。首先，东风广场北边，那一大片地方，是市工人文化宫所在地。记得里面以前有一个游泳馆，带小孩在里面游过泳。还有一个舞蹈学校，它南边的墙壁抵广场。每天傍晚不记得从什么时候开始至晚上九十点钟，隔着那面有“动感舞校”四个红色发光大字的墙壁，从二楼的窗口，就可以看到里面天花板上旋转的灯光，是舞厅的样式。音乐的节奏有快三、慢三、快四、伦巴……那样的音乐和鼓点让人愉悦。也许，就因为有那样的音乐和鼓点，广场上大片的草地进入夏季已是无比壮观的丰茂，真个是风吹草低，长得和可以策马奔驰的草原一样。

在东风广场东边，只要天好，每晚八点左右，台阶下面的平地上就汇聚了一支队伍庞大的广场舞团队，随音乐的节奏，在那里翩翩起舞。这支队伍过去，靠近云梦路那边的香樟树下，又还有一支广场舞团队。这样的两支队伍，每晚都用不同的音乐呈现不同风格的舞蹈。有时走路转圈子经过那里，微信，摇一摇，或者，视频录一段。东风广场那些香樟树都是高高的，千姿百态，它们都是用内在的音乐向上生长，也是我认为东风广场上最美最有诗意的风景。

在东风广场靠近青年路小学附近，是一些商业的门店与社区住宅楼。那边跑道上停靠的都是自带音乐的卡通童车，有不少年轻的父母或是爷爷奶奶，休息日或傍晚，都带着自家的孩子坐上那卡通童车，在那边的跑道上游来游去。而今天，那临时架设的宝蓝色围墙边，又还有一位自带音箱、身姿优美的舞者。

广场上锻炼的人，有跑的，有跳的，有的正走，有的反走。

东风广场20世纪70年代之前的历史，其惊心动魄，我未曾经历。我所知道的，不过是借助于他人文字的表达，比如冯六一在散文《广场的表情》所叙述的其深层的含义，是这座城市的一个行为艺术，或者说是群众运动的一个舞台。那时的东风广场，可能做梦都无法想象，城市日新月异、波澜壮阔的发展变化，会有全民健身、广场舞、地摊音乐风行的热潮。无论是广场的草地种植，跑道的提质改善，还是周边的花坛修筑，绿化带、林带式美化……东风广场一天天恢复到一个城市广场应有的样子，更方便，人性化，也更美了。这些年，政府重视城市广场文化建设，投入资金，成立了专门的管理机构，新修、增设了许多健身器材与休闲座椅，方便周边锻炼的市民。除了供市民健身休闲，现在的东风广场，还有过一年一度的花卉展、玉器展、服装展、农产品展，服务于周边的民众。

前几天，好友费心打电话给我送几个端午粽子，怕她久等，在跑道上跑了小半圈，去迎她。这两天就觉得左膝盖有不适。2012年，左膝盖半月板运动性摔伤做了手术，身体里少了个运动的“垫片”，虽说没什么大碍，但跑步不宜，长距离走路不宜，让人心里有些小小的遗憾。

记得在学校读书时，唯一喜欢且能骄傲的运动就数跑步。50米，100

米，400 米，800 米，1500 米，体育课成绩基本都在前列。高中参加过校级运动会跑步比赛，大学同样，跑过 4 × 400 米接力赛。人到中年，心境平和，吃饭、走路、作决定，似乎都慢的时候多。就像有一次跟人开玩笑时说过的，我这人就是心态好。

这也像我现在的“跑步”，既然不能跑，走，总可以吧。目标在那里，慢慢走着也是一万步。生活的道理是同样的，每天坚持，给自己一点信心，活得也就不会那么茫然无措。因为快乐，有时觉得即便是晚上的时间整个虚度，于这样的广场，也是值得的事。

慷慨的慈爱

一

母亲信佛。信佛之后的好处，其一是钱财看淡，其二是众生平等。这世上，一辈子省吃俭用、辛苦持家的农村妇女多，而在生前煞费苦心，只想着把钱财散尽分到儿孙后辈，尤其是，分到像我这样的出嫁多年的女儿身上的，却是不多。说起来，这还是2015年的事。那一年，大概是清明节前后，回去拜山，给父亲上坟时，二姐在回来的路上跟我说，母亲给了她三张特别的条子。要她暂时保管，以后给我们。这三张条子，格式相似，内容简单，都是族亲D的手迹，又都是借条。我还是第一次看到这样的条子，比32开纸还小些，上面的文字，连同标点符号加阿拉伯数字，一起不超过五十个字，分五行排列，出借人名字赫然醒目，一张一个，分别是大姐、二姐和我的名字，名字后面是借款金额，中文大写“人民币肆仟元整”，接着是阿拉伯数字小写“人民币4000元整”。借款人签名在条子右侧靠边，都是族亲D的名字，借款日期在借款签名的下面一行，也在右侧。二姐说，母亲的意思，三张条子，钱是不多，是她的心意。

印象里，母亲那时一心住庙，要子女放心。逢年过节，子女的孝敬除了该捐的做了功德，余下的舍不得吃，舍不得穿，都是一年年省下来。不多的余积，不只是她的两个儿子和孙女，连她的三个女儿也都有，我没想到，母亲一辈子节衣缩食，及至年老却还有如此的苦心。

二

我父母，这辈子感觉最得意的事，就是以一个农民的身份送我们读了书，且在读书的事上不分儿女一视同仁，20 世纪 80 年代，为国家培养了四个大学生，这在我们那地方引起了不小的轰动。但骨子里，还是农村老辈人见识。这见识，我不知该如何去形容，因为，说得不好就生了歧义，就成了笑话，我还是小心为上，绕开点儿，说远点儿，说我的祖父。

我有个以前在部队的堂兄，他的亲祖父，也即我祖父的亲弟弟，从小过继在别的村庄。也所以，堂兄从小在别的村里长大。但在我看到的家谱上，自曾祖父而下开枝散叶，有他的名字。农村家谱的神奇，只要是村庄的男丁，有血脉之亲，你即使到了美国，家谱也不能忘记，你还是那家谱上的人。有一年，堂兄回来了，不知是拜年还是探亲，一起坐着说话时，就说到好多从前的事，那样的事，都是陈芝麻烂谷子的事，不足为外人道，外人也听不懂，只适合自家一屋人。堂兄不知怎么就说到我祖父，说他老人家生前在世时，有什么好吃好玩的，都是要先给到我哥哥，去哪里做客，都是要牵着或背着。我哥哥，从小确是我祖父的心头肉，在祖父的眼里，或者说，在这个千年沿袭传统的村庄里，长子嫡孙才是当红的牌子，其他一万，抵不得万一，轻易都是翻不到的。

堂兄自小也是家里的长孙，跟我哥哥年龄相仿，其母早逝，祖父是大队干部，公家的人，祖母小脚，做不了重活。他父亲常年忙里忙外，堂兄是家里的长子，本是玩耍的年纪，洗衣做饭、烧茶挑水的家务细活，比我的哥哥就多多了。也所以，堂兄一说到那时做小孩，就满心地羡慕我哥哥。每次看到我祖父背着哥哥去哪里做客去，心里就羡慕，吃醋又伤心。我们听得哄笑，且开心不已，因为堂兄后来出息了，是那种回乡既有身份又有地位的人。我哥哥一样出息了。两个志得意满的人，说到那时的伤心，堂兄就控制不住，就语速加快，而他不知道，这房子里有人一样的控制不住，跟着他说着的人事，又一起长了回去。

“飞花两岸照船红，百里榆堤半日风。”村庄的日子细水长流。日头一天天西斜，桃花一季季开放。田里的黄瓜，稻子，小飞蓬，它们在这里都是天长地久的，该熟的时候就熟了，该飞的时候就飞了，跟这里每天的日子一样，跟村庄的女儿一样。我从小耳濡目染，看到自己的祖父，就知道别人家祖父。看到自己的兄弟，就知道别人家兄弟。看到自己的村庄，就知道别人家村庄。我是女儿，从小到大，就不可能挑战一个家庭，一个家族，甚至是一个村庄由来已久的礼数。这礼数，大而化之，简而言之，在村庄的女儿却就是，看到轻的要知道重的，看到中间的要知道边上的。

我父母，年近四十岁才生下我。我还在吃奶的年纪，就被丢在了外婆家。我一直觉得，奶吃少了，人就笨。这让我打小就开始怀疑人生。似乎，真像是姐姐说的，是那个躲在角落里长大又多余的人。我说这些，并不是怪父母。我其实真正想说的是，倘使人间有一个像我这样的女儿，生在村庄，打小又长得敏感脆弱，及至成年，回首来路，其心灵遭受的风暴折磨，就是足够的惊心动魄。也所以，我有事没事，会心疼我上面的姐姐，我大姐读书不多，为大家庭，她是做出了牺牲的一个。

记得大姐当年出嫁时，家里请了木匠打家具，木匠的手艺，也真是魔方，一根根木头裁断了劈开，刨成光面，木板合起，变出了高柜、矮柜，带门，带抽屉，还可以上锁，又刷上油漆。床铺上盖的、垫的都是新的，都是喜气。在一个农村小孩的眼里看，这才是体面的农村婚礼该有的样子。

到二姐，出嫁的头晚似还哭过。因为我父母拿不出体面的嫁妆。父母的理由，大姐在农村种田，二姐读了书，大学毕业又参加了工作，家里困难，没有其他的准备。二姐的哭泣，让我隐约也模糊地感觉恐惧。到我自己，两床出嫁的被面，一床大红，一床果绿，都是七彩，带金线，是自己提前跑武汉，在汉正街批发市场买来的。在那一径繁华拥挤的长街上，就想起我所认得的那些村庄的女儿。那么热闹的长街，那么多好看的花色，我的母亲与大姐，一辈子只怕还没见过。我在那些颜色好看、样子好看的衣服面前看迷了眼，挪不开步。回来时，除了路费，再没有多余的钱。而身上唯一准备的一件米白色呢子外衣，还是出嫁的头天去找哥哥，在那时的商业大厦的商场里买来的。那两床被面，加一床毛毯，鬼使神差被我提前几天，专程送到了乡下的娘家，再由母亲择日体面地挑着，送回我所在的城市。

我不知道，母亲的条子为什么会让我想起这红尘之中许多的事。那个大红的被面，我母亲总共送了两次。第一次，想来也跟我一样真的是爱极了，留在了娘家。这样的事，我不能说太多了。只能说，堂兄有过的羡慕，我做女儿的一样羡慕。堂兄有过的伤心，我做女儿的一样伤心，且从不言说。旧年的世俗里流泻的光阴，千百年来似曾相识的，那一碗水的命运，很多时候，像一张无形的大网。而有时，又更像一根藏着的软刺。半生的努力，年少的伤心，似都在逃离。曾几何时，我是那样的担心，担心被那样的大网笼罩了一生。我想，我是以全部的反叛与年少的伤心，来对抗父母，让自己争气，自认逃离了一种本该逃离的村庄的生活。但其实，我没有看清头顶上方，那一缕星辰的光亮。

三

直到现在我都不能确定，D手下的借贷，是不是就是农村信用社的运作模式？听二姐说，D管理的借贷，规则、秩序在村里多年通行。无论借，或者贷，利率都比银行高一些。乡亲们有一时应急筹不到现款的，找D帮忙，就救了急用。手上有闲钱的，存到他那里，到期除了本金，又得了利息。母亲跟D在一个村庄。这三张条子的钱，还包括之前给她儿子和孙女的，就都是母亲分期分批存在D那里的。

但我没想到，说是存钱，实际又还是借条的样子。到第二次看到这条子，二姐就把它交给了我。说，条子是母亲给到各人的，该自己保管。时间一晃过去三年了，条子总不能一直老放着。于是，就有了想约上大姐，一起回去跟D碰面的想法。那天回去时，我提前打了电话。而母亲，果然就在后头的柴火房里忙中饭。菜上桌，说好了一起吃饭，好半天了，又还在忙这忙那、没有端碗。正喊着，D打来了电话，说下午可能有事要出门。怕他等，我跟大姐饭没吃完就放下了碗。

我回娘家的时候少，出去串门更是少。村里的房子变化大，都不熟悉了。我跟大姐一前一后，从村前一长排新屋的巷子里穿出又返回。知道D家是复式楼，做了有好几年。不能确定，有些犹豫，过前面地坪，挨家过去，从一处敞开的贴着大红对联的地下室小门朝里望，找到了D家。负一楼，里面两米来高。台阶上去，上面一层都空着，没住人。各房间转过，柳暗花明。后头客厅，有几个闲坐的乡亲。打过招呼，D带我们转到另一边房里。接过条子，D问我们是要取钱还是换新条子拿利息？又说，才刚在外边打一转，手机丢在车上了。没有手机当计算器，D从袋子里找了个笔，就着我们带来的条子，在桌子上写写画画的算利息。两个条子，总共一万零八百八十元。

D算账时，我心想，D手上不一定有这么多现金。就问大姐，要不我们还是存着吧？大姐说要得。我们就各加五百六十元，凑满六千元整数重新办续存。这样，条子重新写过，换成了六千元金额。之前以为，我们当年不在场，D对母亲存钱是特事特办。现在才知道，在D这里，存钱确是这样的大笔一挥，是借条的样子。虽然，我有一万个理由不能接受这样的存钱方式，但是，我感激母亲如此慷慨的慈爱。这甜的秘密三年来我都压在心里，有些忐忑，不敢声张，可是又无法拒绝。从D家出来，又看一眼那门框两边红色的对联，不记得写的什么，大意是新年新景，率全村致富，科技兴农奔小康。

母亲找出一个袋子，给我装了十几块糍粑，又去园子里摘一包青菜。大姐肩上背袋、手里奶瓶，全套的行头回她水库的家。我去107国道边搭车回城里。母亲锁门，递给我袋子，又弯腰，背起大姐的心肝孙儿。久雨连阴。一行人小心翼翼，穿过葡萄园里一截积水的路面。我一路走一路想，母亲一辈子勤俭朴素，传统思想也根深蒂固。而我跟大姐和二姐，事隔多年，还收到母亲如此的大礼，我不知道大姐和二姐心里是怎样的，至少在我，那从前没有来由困扰于心的，那种少女时代的自卑，那种内心有过的无端的不快，就都那样的一扫而空，烟消云散。

三年来，这条子就那样静静地躺在我随身携带的小包里，偶尔想起了就打开看一看，绷在头上的那根弦，突然就那样松掉了。这村庄变得又老又新，路上的新娃，新媳妇，很多都不认识了。但我和母亲是相通的，她是村庄的女儿，也是这世间勤劳的典范。我和村庄也是相通的，何曾有过一丝真正的逃离。

之前，我把旧条子摊开在娘家的茶几上，映着茶几上小朵的梅花与大红的福字，拍了照。之后，回城里自己的家，又把新条子摊开在书桌上，拍了照，存在手机里。不管怎样，这一新一旧两个条子，在我的眼里，是一个不算重复、也不可重来的仪式。娘家几十年走过的悲欣，像一个梦。而我仿佛，还在那幼年的房子里哭哭笑笑。

幸福的钥匙

这是邻居家的树呵，听着春风敲锣打鼓，

正把花枝送向我的窗户

——于坚

在这个万事奔忙的冬天，请一天年假，参加一个笔会，续上休息的一天，一字不漏地看完俄罗斯作家米哈伊尔·左琴科的《幸福的钥匙》。下午六点多钟，二姐来电话，说在长沙最好的医院带母亲作了检查，没有大碍，只是头部血管有些老化，开了药，带回来家里吃。我要母亲来我这里。其实，我根本没有多大的把握让母亲心甘情愿地来。

自从母亲信佛，在我想念母亲的时候，或者，在我真的需要她来帮忙的时候，我就以那样不容置疑的口气吩咐母亲，而母亲真就那样地过来。算起来，我应该是与母亲相处时间最长的孩子。我在这里所说的相处，指的是能让母亲离开乡下来到城里居住的日子。在母亲洗洗涮涮的时候，我就知道，母亲的心里还是有她的孩子。可现在，我无法开口。

我相信一个母亲对于孩子天生的感应。在她对着神像磕头跪拜的时候，在她感觉我潜藏内心无端伤感的时候，我看到的母亲常常是手足无措又莫名拘谨，这样的时候，日子就成了一个个扣满问号的疼痛，生活就这样突然在我面前摆开了一道难题。

某种程度上，母亲就像一面镜子，照见那些被宗教点亮的时光、那种继续生活的希望。

二姐说，母亲失眠有些时日了。还说，母亲连皈依证都办好了。这样的母亲让我突然地眼眶潮湿。我清楚母亲的个性。母亲是本性刚强的女子。在父亲过世的那个寒冷的冬天，一大家人在棺材合盖的时刻大声恸哭，我的嗓子被悲哀击中，哀而失声。这样的时候，突然听到母亲的一声断喝：慢点！“将军”的大手一下阻住了行将合拢的棺盖。母亲一边责怪办事的粗心，一边揭去了黑色棺盖下盖在父亲脸上的那块白色的蒙脸布头，这是我最后见到的父亲。

老家习俗，人老归棺，之前，脸上要蒙一块布，这样逝者就看不见生者的哀伤，入殓的时候，脸上的布要摘下，好让逝者看清去往那个世界的路，人生注定了这样的远行。

母亲的冷静，却让我轻看了她的悲痛。一想到母亲的个性，那种“将军”挥剑的力量，我的心里就会涌上阵阵难言的情感。身为人子，是我们做得不够给了母亲错觉，是我们不懂爱也羞于表达，还是宗教的力量太过强大？因为渴望，也因为这样堂皇的诱惑，我在如水的光阴里细究这书中的文字。用那样摇摆的心神，在痛苦与幸福间跳跃、震荡并且终至平衡，米哈伊尔·左琴科终是完成了自己心灵的搜救。我呢？文字的漫旅，就像天上的月华。

血脉是一条永在的河。只要内心活着、头脑健在，这条河流就会是永远的亲情涌动、自然流淌。因为母亲，我得以走近，并且近观。活着不是那么容易的事。就像米哈伊尔·左琴科在《幸福的钥匙》里摘录的瓦·勃留索夫的话：“我累了，人际间的种种关系使我累了，所有的人和我自己所有的愿望折磨得我疲惫不堪。隐居到荒漠中去，或者索性永眠。”

对佛教，父亲的态度倒是温和。在父亲看来，逢年过节点香祭祖，那是一个家族的孝顺与由来的恭敬。如今，父亲不在了，母亲可以重拾她未竟的“理想”，可是母亲不信基督却信了佛教并且信到了这样的无我。比起母亲的吃斋，我宁愿她相信基督。事实上，我本性温和，对母亲现在信仰的佛教素无排斥。比如，在我现在的书桌上，既有一本黑色铅印的《圣经》，也有整本的禅宗，还有《大悲咒》的盒带。多年以前，我在一个小小的房子里用一个小小的唱机就那样一遍又一遍听着那样的梵歌。那样的听无关信仰，仅仅是对一个旋律突然生出的喜爱。

现在，在阳台的神龛里，依然有母亲端端正正从庙里请来的菩萨。在我，那里是母亲的领地。无论《圣经》还是佛教，都是我无心走近的领域。我用自己的简单做着一个社会的子民。可世事茫茫，在我看，死亡就是消失，就是那心河的永远干涸，就是如同父亲、如同五弟的永远不再相见。在母亲吃斋念佛的日子，一切遗忘的就那样蜂拥而来。那样的时候，道理是明白的干花，干花再好，也失却了原来的香味。好几次我去到庙里，我观察寺庙，也观察寺庙的日常，这是个怎样的世界？所有进入寺庙的背袋女性都让我想到自己的母亲。也想，她们的儿女会是怎样的心境？

瓦·洛扎诺夫在他的《落叶集》里说：“苦闷的人是天然的基督徒。幸福的人是天然的多神教徒。”我不是基督，也不是多神论者。我只知道，母亲是我在度的苦难。我几度迷惘几度思索，可一切没有答案。也许，一切在时间的掌心。衰老，死亡，信仰，全在。

“我往哪里去，躲避你的灵？我往哪里去，躲避你的面？我若升到天上，你在那里；我若在阴间下榻，你也在那里。就是在那里，你的手必引导我，你的右手也必扶持我。我若说：‘黑暗必定遮蔽我，我周围的亮光必成为黑夜。’黑夜也不能遮蔽我使你不见，黑夜却如白昼发亮。黑暗和光明，在你看都是一样。”

我如此喜欢《圣经》里这样美丽的诗句。我把这一切当作人类社会积攒的财富、学问。我对一切的学问心怀尊敬。世界的壁垒爬满宗教的线条。这是社会的需要，也是人心的所求。

一定程度上，宗教给人精神的慰藉，也让人内心向善，这是它积极的一面。特定的时候，宗教就用超乎一切的悲悯，给忏悔无望的心灵投去不可多得的关注。一个初来乍到的人，对于宗教，只要袒露内心，就可以进入并且相信，只要信，你就有希望，你就有价值，你就会不惧任何未来的渺茫。因为信，这事就成了。也许，这就是一切信仰的力量所在吧。

我来自一条朴素永在的河流，这是我终生的流向，是我一切开始的源头。

可是，当宗教拿去了一个孩子的母亲，我该有怎样的面对？沉默的日子里，我常常漫不经心地阅读或者思考。这样的时候，突然就这样看完了刘恪老师送我的《幸福的钥匙》这本书。那还是暑天八月，一行人在他家里吃饭的时候。不能不惊讶，我的思想与这本书，会以这样的方式同期到达。当然，这不可能同期，我只是在这一刻突然地明白。我不是一个善于分析的人，但我是一个心地善良的人，我也能找到一切的人生苦源，找到那把幸福的钥匙吗？

劳动者

十多年前，父亲过世，带给我深深的触动。那是我人生的一个拐点。之后有很长的一段时间，我都是沉迷在一种异样的思绪里。首先，我觉到自己的不可饶恕，因为时间带给我如此深重的负罪之感。我一面不能原谅自己对时间的虚度，一面也不能放下对父亲的遗憾。

终于有一天，我从伤感里抬起头来，跟单位里的一位工人师傅口气轻松地打赌说，我们来个十年之约吧！给我十年，我一定要活出另外一个样子！我口里说这个话，但其实内心茫然，因为时间里的不可预期，不可知。十多年过去，单位改制，我从一个倒了十九年夜班的工人，成为一名办公室技术人员。从那个拐点开始，上班之外，我在博里写些文章。之后，又陆续有了些发表。我没有天赋，但还算努力。曾经的汗水、艰辛付出，到后来，也有了些微的回报。2018 年，我的散文作品《桃木箱子和泛黄的族谱》刊发于《湖南文学》第二期。2019 年，我的散文作品《烟火二题》刊发于《青年博览》第一期。这些都让我觉得，上天真的是不会亏待一个认真努力的人。

我记得曾用整年的时间读《论语》，用数月的时间读《离骚》和《诗经》。有时看书多了，眼睛会看得生痛，那样的时候也觉得痛苦。但仍然坚持着，不放弃。书似青山常乱叠，灯如红豆最相思。2017年12月，恰逢我的母校——岳阳县第三中学六十周年校庆暨高中同学毕业三十周年庆。我没有想到，三十年前写过的作文，还被老校长收藏、转发在校友微信群里。我自认惭愧的一篇回忆母校的文章《门前土路到三中》被刊发在校庆的专刊之上。我一面惭愧，一面又觉得，这都是母校的恩慈，是加在我身上的温暖的鞭子。

我的母校在新墙河畔。虽然我读的理科，但当时的班内，有好几位作文高手。我喜欢语文，而如果我因为作文得到了老师的表扬和同学的肯定，那是非常快乐的事。当然，直到现在，我从不认为自己高中时候的作文有多好。后来有一次，见到过自己的高考作文，题目是《习惯》，五十分的卷面，得分才三十七分。而我当年愿意沉浸且享受的，不过是一种孩子气的虚荣，一个小而美好的世界。那时的我怎么也不会想到，在未来苍茫的时日，当年那种小小的欢喜也是引领，让我打发了许多荒凉无助的日子。

时间到2019年，大概是六七月，我当时所在的公司，有了一项减员增效的活动。八月初，有不少我认得的同事，有的喜笑颜开，有的满脸愁云，有的打过招呼点点头，有的话都不说，他们在我所在的二楼办公区格子间里来来去去，办过交接手续，一个接着一个地离开了单位。我这人迟钝，但突然灵光一闪，就觉得，一个人要想离开，其实有很多的理由。比如，以我的家庭，我跟丈夫长年两地分居，互相不能照应。以我的年龄，在部门里够得上大姐大，如果各部门都有指标，那么，要走的应该是年纪大的。而以我素来的敏感甚至于脆弱，我更应该主动提出以防万一，真到那样才不致难看。更深的理由，不可为外人道，我还是选择遵从内心。

看到我提交申请，我的两位上级领导——Danny经理和李红很是意外，但我写出的每一条理由都让人同情，事实也确实如此。舍不得，又还是同意，还专门组织了一个部门欢送会，有鲜花，有蛋糕。这让我感动，又觉得歉疚，因为我在这公司干了二十九年，从未曾设想现在的离开。到9月6日，办完移交手续，从公司大门走出来，是下午五点，下班时候。大门口人多，厂坪那边的旗杆上，一面美国国旗，一面中国国旗，还有一面是公司的LOGO——英文字母“REGAL”，三面旗帜在风中飘扬一字排开，依然是那么的鲜艳。我跟几位同事打过招呼，在公司大门口站了站，用手机拍下了一张照片以作留念。车子启动，离开公司，直到那三面旗帜在眼前完全消失，眼泪开始很不争气地流了下来。

记得在公司最后上班的那几天，美国那边的公司总部过来了几位领导。相比中国人，他们的形象突出，都是高鼻子，蓝眼睛，高个子。其中有一位，公司里一米八几的高个，在他面前还只齐肩膀。另外一位好像是总裁级，模样没怎么留意，也不记得名字了。那天特意召开的员工大会我没有参加，因为感觉是要离开的人了，而且手上还有在赶的事情。听身边的同事在会后回来的介绍，那个大会对减员增效有专门解释，说那是公司的战略调整，是因为一个长期的方向，说中美贸易摩擦对公司的运营并没有太大的影响。

美国人发言之后，是员工互动环节。就有员工提到了自2018年开始、一直持续到现在的中美贸易摩擦，也提到了那位“特不靠谱”的总统。为什么叫“特不靠谱”？因为据我所知，我有不少同事，从手机支付宝或同花顺App购买过基金、股票。而往往，就因为这位“特不靠谱”的总统半夜一个电话，一条推特，或者是一个大魔王的忧郁，就可能让你手上的基金、股票哐当一下，坐上了过山车。说“特不靠谱”还是客气，还有些其他的称谓，是男同志专利，女同志在这里既不能说也不好写。印象最深的是 2019 年 5 月，我拿到驾照的第二天，好像是 5 月 6 日。而头天半夜，那位总统又发了一条推特，引发 6 日当天中国股市千股跌停，基金同样大跌，有的指数基金一天下跌了八九个点。美国总统的推特，一面表示对美国利益的全心关切，一面也淬炼了全世界股民的极大耐心。就中国股民而言，那一天股市大波浪线自巅峰跌于低谷，之后的时间，知道狼是来了，中美贸易摩擦数轮谈判再是不怕，股市曲线拉升、震荡，自此淡然。

美国人也是劳动者，当然有自己的立场。据说，他们在公司那天的员工大会上措辞恰当，说，特朗普是他们国家的总统，但有时候，连他们美国人民自己也看不懂。

我没想到，从公司离职之后的十多天时间，会有各种意料之外的事物纷至沓来。首先，为便于联系，之前离职的同事，组建了一个微信群。我是第三批离职人员，也被人拉进群里，成为一员。群里有不少即时消息，且喜且悲。有告诉如何去办失业证、如何交社保医保的。也有转发外单位招聘消息的。到 9 月 18 日，我按群友的步骤，抱着好奇之心，也在居委会填表，在就业局递交，拿到了由政府签署盖章的《就业创业证》。到这时，我才明白，这就是原来的失业证。现在不过是换了个好听的说法。而群里的消息、手上的证件，是提醒也是在告诉我一个事实，我已经从一个上班族，变成了现在如假包换的灵活就业人员。

之前也知道，并不是人人都像我一样愿意离开，公司里不少离职的同事，他们从参加工作就在这公司，一直工龄延续，他们其实更愿意在公司继续上班直到退休。那么建群的解释，只能是对集体生活的留恋与舍不得了。

接下来要做的是等待，等待单位的社保专干将自己的社保账户和医保账户在劳动局报停。然后，等待自己去开通个人账户，缴纳医保和社保。这样的等待很费时间，因为时间有跨月。直到这时，才开始觉得整个的心情由最初的迫切向往，变成了现在的不习惯、不耐烦。而让好心情笔直沉落到谷底的，还在后来。似乎是针对包括我在内的少数人，又或许仅仅是对我一个人。

自始至终，有些话我不能说破。

而在此之前，我能做的准备，就是在回来的那天下午，利用一点匆忙的时间，将我们国家伟大的《劳动法》看过三遍，然后像律师一样，背诵自己撷取的重点并在电脑上打印下来。之前的那些天，我应该是样子受惊的刺猬且是满心愤怒的劳动者，因为根本不知道要面对些什么，只觉得自己是单枪匹马，要背水一战。到晚上，看过《劳动法》，内心安宁，再无担心，睡得比任何一天都要香沉。也因为，那天从外地赶回来，真的累了。第二天，按约定的时间面谈，在原协议之后，有了第二个协议的签订，我依然坚持自己的认知，但也理解，公司有自己的立场。

也因此，觉得有必要，对自己的身份进行重新的认知。

和经历过国营时代的千千万万的劳动者一样，我最初的工作，也是由命运所赐。那时的我，也是由学校毕业之后分到单位。虽然从未离开，但也是跟随单位的变化而变化。所以，我曾是国营工厂的劳动者，又曾是外企公司的打工仔。或许外企于我，有过更多的历练与成长的机会。至于档案里的干部身份，那是自学校而来，可谓先天，跟我后来的工厂生活，其实没任何关系。

无论是在国营时代的车间机房，还是在外企格子间，我所经历的劳动，是在机器与电脑之上，它们看似简单，千篇一律，日日重复，却是我内心珍视、一直坚持的工作，是耗费了半生的光阴、闭着眼睛都能回想，且熟悉得不能再熟悉的劳动。或许，在未来，它们会不期而然结伴同行，以一个轻盈美丽的姿态，飘落于我无言的梦境。

我对劳动的认知，有父母的言传身教，也有后来从学校到社会所接受的全部教育。我发自内心地认同劳动是劳动者的光荣。这个世界，如果没有劳动者的存在，就没有历史前进的巨轮。也所以，任何时候，我都是那种做事勤快，鄙视懒惰，可以帮助他人而不计回报的人。离开是无奈。鱼和熊掌不可兼得。无论输赢，我在这里是跟生活又打了一个赌。而当年，我打赌的那位师傅，比我更早地离开了单位。后来见到几次，都是在酒席上做客吃饭，样子比原来消瘦了很多，再不像从前大声的玩笑。

回头想想，此生，既无官职加身也无钱财积累，临近退休的年龄，貌似连体面的工作都是被自己扔掉。临了又还有那等不平的遭遇，我还好意思说自己兑现了十年之约、兑现了当年的承诺？对时间的敬畏，一面依然是带给我深深的挫败之感，一面又让我成为了一个心平气和的人。多么奇怪。或许，人生就该是如此的负重前行吧？如果说，父亲的离世，让我从当年的浑浑噩噩中猛醒过来。那么，那些看似毫无意义的阅读，毫无意义的写作，慢慢就都是成了一种内心的滋养，一种温暖的相逢。

我对时间的确认，且唯一骄傲的事情，就是以那样的一个劳动者的姿态，朝向灵魂的漫行。多少年过去，那些热闹的、忧伤的、寂寞的、温暖的影子，那些黄花深巷、红叶低窗，都停在我记忆的心版，也变成眼前的文字。

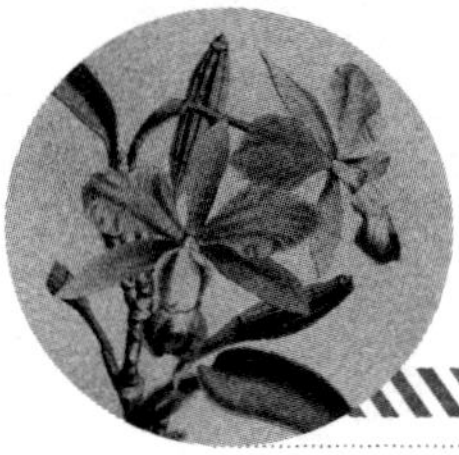

第四辑　清水出芙蓉

钢筋在头顶架起蛛网
影子拉长
这片空地生出了
大片的机器、厂房

想象三月的桃花，七月的艾香
人在蚂蚁的小里
没有更深的渴望

一个闪动的符号
在屏幕之外
按照数字的顺序堆放

——李友荣《童话的故乡》之二

古城印象

洞口

东来的是早晨，西去的是黄昏。每天班车两趟，经过这里，差不多都是在那样固定的时段穿过这城市南部的一眼涵洞。如果这涵洞上面，恰好又跑过一列火车，这班车与长长的火车，就在这城南老街的时空里上下交错、对空而过，一个声情并茂的交接。之后，回过神来，又听到那梅溪桥远远的市声、城南树下鸟雀的鸣声……

时光静止。

不知道最初的涵洞叫什么。从我坐着火车来到这城市，我就随了众人的称谓也将这里喊作了洞口。洞口于我，于这城南的一草一木，就像每天惯了的空气，不加留意又那样真真切切。匍匐而来的铁轨穿行至此，那一路多了的、满了的，时光与风景的碎片，就从那一个个小小的窗子里飘出来，身形一缕，轻风而去，只不见也不想，这身子底下的涵洞。

涵洞依地势，左右两边，一字排靠的两个。无论朝哪面，都像是一个有点沧桑的“大脸”。洞子成了这“大脸”的两只“眼睛”。一左一右，下面的洞子跑车，旁边上面，树阴底下的洞子，两米多高，专供走人，但有时载货的三轮车、摩托车也进到那里面热闹一下。人过那里，恍若穿行在大地深处腹壁的怀抱。尤其雨天，得提着神儿，时不时提防一眼上面，小心那掉落的水滴。有时，人在这样的“肚子”里，步子会无端地慢下来，想象那火车的声音，火车在自己的头顶，踩着经年的节奏，待那轰嚓轰嚓流滚的声音一下下过去，再也听不到，灵魂带着阴冷的感觉无端地贴近自己爬上皮肤，也不讨人欢喜，只让人愈加珍惜、盼望那自由的快乐。出洞子，人松一口气，老街在眼前一刹那明亮亲切。

“大脸”的中间隔鼻梁，顶上一线护栏宛如旧时女子整齐的刘海，刘海之下歇着的，便是这平地而来挑起这两片“眉毛”的火车的路轨，无从想象这“眉毛”底下大脸的“深沟”，是一条干河？还是两边削去了山头的幽谷？而我宁愿相信，这“脸盘”就是那当年隐去的梅溪。似乎只有这样，才能完满那一个当年的传说。洞口上下，确乎经历了那么多。火车、汽车、南来北往的游客。一切不曾细想。但在晚风轻送，虫声响起的夜晚，这洞子会静起来，浮起来，耸立在那里，如弓，如月，如一位欲说还休的昨日红颜。

风，轻轻柔柔；风，也不停留。

梅溪桥

洞口的名字是有点傻气的。而我所住的地方，索性也依了这名，叫做洞口巷。每天，人在那里进出，一切营生尽收眼底。有挑担敲谷糖的，有收旧报纸、收头发的，也有如我一般每天匆匆忙忙去站台搭车上下班的。尤其一种大大的滑轮的声音，每天穿巷而来，拖着那样低低大袋的爆米花，打各家窗台底下经过。这都是过路的营生，比不得梅溪桥的。

我对梅溪桥的了解，最早始于《千年古城话岳阳》，作者邓建龙。另一位学者陈湘源在《岳阳市沿湖风光带三期工程历史文化遗产考察》这篇文章里，对梅溪桥有过如下记载：“从古城出便河南门吊桥，南为南正街，南正街南，西为街河口，东为竹荫街（今解放路），南接天岳山街。天岳山街中间东有金家岭巷，东达梅溪桥街，正对着三教坊北巷。梅溪桥街北经竹荫街，对下观音阁；南过金家岭巷不远，西有乾明寺巷；乾明寺巷东对三教坊南巷；原梅溪桥街出南关保障门外，才到梅溪桥，过桥，有小路东面可通白云庵，南面通太子庙。”（文字略有删节）

想这梅溪桥，既有历史过往，又连接我日常的现在。近，可以近到每天一个来回，似多年的老朋友，隔不多久总有个自觉不觉的照面。但若想看书、喝茶，去梅溪桥那真是跑错了地方。梅溪桥是顶着那雅名，一辈子做着那柴米油盐的俗生计。无论熟客生客，梅溪桥在这里敞开怀抱，一样欢迎。所以，人来洞口，多是去梅溪桥的。

进到梅溪桥商业区。那些吃的用的穿的戴的，被各色车辆载来穿过洞子，构成各家门面眼花缭乱的丰富。家里久停不走的手表，这里可以维修；炉锅盖上那个松掉很是烦人的捏拿小件，哪天真的掉下来，这里也能配到。对于一个心有所失又心怀“传统”的人，这样的梅溪桥，总能带给你一个未曾意料的惊喜，这都是梅溪桥与人念想的好处。

《岳阳市沿湖风光带三期工程历史文化遗产考察》记载，“1938 年 11 月，日军侵占岳阳城后，划定梅溪桥一带为难民区。从金家岭转天岳山至吕仙亭，为日华区；日商在此经营洋行、店铺。从街河口至西门城内，为军事区，中国人不能进入。”

这样，梅溪桥由最初的难民营，几经发展演变至今，20 世纪 80 年代成为湘北地区最大的日用百货烟酒副食品批发市场，是岳阳城区的商业腹地。

那时，我还在读书，却也知道这城里、乡下人心里且喜且爱的梅溪桥。

每次父亲去到那里，带回那里香香的瓜子、红皮花生、圆圆厚厚的老式发饼和甜甜脆脆的沙琪玛，还有那时乡下稀罕的香蕉、苹果、龙眼等，我都会满心欢喜，也从此知道一个远且丰富的世界。我对那个远的世界心里充满无尽的想象，只不知道，未来的日子，我也会成为这个想象世界里一名过往的常客。

20 世纪 80 年代的梅溪桥生意红火，气派繁华至于鼎盛。但凡到岳阳小住过的人，可以不知道洞口，但不能不知道梅溪桥。若是你说不知道，那没得救，你是神仙，你不食人间烟火。这梅溪桥呀，就在这岳阳城里做着那锅碗瓢盆、油盐酱醋的生意！

岳阳素有三桥不见桥，三山不见山的说法。这三桥不见桥其中之一，便是我现在说着的梅溪桥。但现在，我不讲三桥，也不讲三山，我在固定的点上，我要赶我的路呢。

瞧，车来了。

老街

似乎，我和班车在这街道一直成对儿出现。清早出门，在街的这边；黄昏回来，在街的那边。但无论清早黄昏，我都是在这洞子的东面。街道东西向，西去百米，接到那“双眼”的洞子，洞子过去，才是那梅溪桥。很多时候，人说洞口，其实是很有些模糊的泛指，不知到底在洞子的哪一个方位。但这是清早，我在洞子的东端、街道的南面，我在一个固定的点上等待班车的到来，目力所及，看得见与看不见的地方，很有些巷子。街道南面，有上太子庙巷、下太子庙巷，光是这样的名字就够人遐想。北面，自学坡街去往娃娃塘一带，又有文湘巷、丁家塘巷、东井岭巷，也有一些说不出名字的小巷。巷子里住着的，多是些本地人，有点岁数的老市民，时髦阔绰的电梯族，多在这城市的东郊，开发区一带，他们不屑守在这样的老街。

老街的夜空，隔不了多长时间，就会有礼花升起、爆竹鸣响，肯定是哪家又有老人过世了，丧事敲锣打鼓，几天的热闹，只让人不知今夕何夕，不胜苍凉。也许，街道本身不让人觉得多么的老，倒是这两旁的巷子在时时地提醒，也衬着那一个悠远的过去。

清光绪三十年（1900 年），湘阴人陈汉溪在金家岭与人合资创建“咏霓戏园”，成立岳阳首家室内戏院。1913 年，岳阳名士陈小平与人合股在梅溪桥三教坊创建“和平戏院”，修一圆形舞台，中间以墙隔开，分内台、外台，外台热天演露天场。

20 世纪 80 年代，洞口东端街道两边多还是单位公房，之后经济大潮兴起，各家门面店铺各自亮相，下海承包的，转让的，好一番热闹。拓路修街，就有了现在的街市规模。岳阳城几经战乱，找遍城南的老街，名正言顺的百年老店几乎没有。我所在的这条街道，自然也不例外。街道南面，多是岳阳现在有名的龙虾大馆。岳阳人不怕辣，岳阳人辣不怕，尤其夏天，晚上热闹，夜市，吃虾，跑堂的伙计忙乎起来脚不沾地，桌子一溜儿都要摆到街边树下。街道对面有学校。虽是这样，早上、晚上，过街的孩子一拨一拨的，还是不少。又有五金店，杂货店，早餐店，面包店，婚庆花店，废品店……

有趣的是那个婚庆花店的女孩。原来在别处租住，嫌远，租到我对面的院里，还不中意，生意一面做着，一面乾坤大挪移，又在这同一条街道换了个大些的地盘，两个一起挨着的门面盘下来，合一处装修了，门牌热热闹闹地挂起来，谓之“玫瑰缘婚庆”。之后，连人带物挪窝，远远地看去，那红的柔光、软的纱幔，一片红楼梦似的挂在眼前。

又有一家壁挂零碎的鞋店，挨着这原来花店旁边不远。店子修鞋，名字却奇怪——“爱琴海音像”。这“爱琴海”原是家音像店。店堂里喇叭开得山响的，原是一个小伙子，后来小伙子身边来了个女孩子，再后来，女孩子成了当家的主妇，只不知哪一年月，那样的一切不见了。里面东三西五，取料的皮革、成型的底垫、扎针吐线的机子、鞋掌打磨扬起的细末，零零碎碎变成了眼下的这家鞋店。修鞋的汉子五大三粗，懂诗词格律，他的店堂里还有唐诗宋词的旧书，尤其说到七律，更有自己的心得体会。问书的来历，说是旁边废品店里人家不要的淘了来，手头没事的时候翻翻。那样粗糙的两只大手也写歌、作曲。在那样不太容易的人生里，还能对古典诗词、歌谱创作怀有一腔赤诚的热爱，无疑，这是一个情感细腻的汉子。我在他店里修鞋的时候，看过他写的不少歌。歌词工整，还配了曲谱。有家报纸还为他写过专门的报道。

日子茫茫，总有些将了未了的心愿，也觉得有话要说。每天，在这条街道来来去去，看到那远远近近的灯火，那些过往的人和事，比如辣辣的龙虾、美丽的花店、鞋匠铺里锁着的歌卷，还有那些熟悉又陌生的巷子，便扑面而来，心神凝聚的一瞬，就有亲切和温馨在心头一点一点地弥漫开去，久久不散。

湖的礼赞

对于这片湖，我是无心而入的。

十多年前的夏天，在飞扬的甲板上，对着莽莽苍苍的四野，我完成了一个孩子最初的朝拜。十多年后的今天，我却是低到了自己的尘埃。这片湖，离我的住所不远。湖是天下名湖，是衔远山、吞长江，朝晖夕阴、气象万千的洞庭湖。连着的楼，是岳阳楼，江南三大名楼之一。四柱三层的纯木结构，精巧雄伟，盔顶式结构，在中国的建筑史上更显独特。

十多年生活的习惯，洞庭湖在我近如家人。涨水的时候，我常到湖边，看烟波浩渺；水退了，我还到湖边，看远处翩翩的白鸟。与湖相对，随意漫走的时光，惹人怀想。我就在这样的漫步里寻找温柔之气，明媚之象，浩荡之风。

“何时载酒山中去，十二峰头醒宿愁。”历史的间离，让我，这座楼宇脚下的臣民，这个洞庭泽地的后人，仿佛对着一道日日的盛宴，寻常到麻木的抽离。但是，今日，这湖活了过来，暖暖地，温柔地，笔直地钻到我冷冷的心窝里去。

“袅袅兮秋风，洞庭波兮木叶下”。似乎，一个楚臣，两句话，写尽了整个的湖。

自南岳坡瞻岳门往岳阳楼，沿湖一大片仿古建筑群落。青瓦，木窗，山墙灰白，城垛挺立。这样的一切，复古而不失典雅，端庄而不失柔和，宛如一幅打开的长轴画卷。走在条石铺就的临湖路，杨柳堆烟。近处，游人如织；远处，灯影如林。一湖的江南，只差一位临水而立的佳人。夜街的灯光，照亮了临湖路上一座又一座诗碑。“岳阳楼上日衔窗，影到深潭赤玉幢。”“淡扫明湖开玉镜，丹青画出是君山。”我惊奇于这样的追随，钱起、刘禹锡、范仲淹……也感动于这座城市的建设者如此良苦的用心，在读图时代的今天，我们的传统文化得以如此集中、精彩纷呈。这是一方圣洁的领地，城市的文明由此而来。

远观、近赏，且停、且走，记不清多少次。

夜凉如水。湖心深处，波光粼粼，湖面，微波荡漾。洞庭湖大桥载一路华光和着满天的星子，在一湖的阒寂里闪闪烁烁。飘逝的轻舟，淡出的水墨。一忧，一乐。

诗碑之外，有多少湮灭的事物？一次次经过，一次次感动。

习惯的，我又停在那尊无字的诗碑前，这是一个谜。给谁呢？留余。时间在这里布下了场景。延续的文明和我们相伴。不必担心，这一湖的静穆深邃，它们不会消失。历史的先贤给了这方水土太深的爱。这厚爱是“先天下之忧而忧，后天下之乐而乐”的高尚情怀。

我以为，或许这才是大湖久有的光亮。

可是伟大也是要人懂的。我，唯有静静地来。

石头记

> 在你的觉醒中有新生和古代的奇迹，
> 你和新花一样年轻和山岳一样的古老。
>
> ——泰戈尔

曹家的石头在天上，我的石头在凡尘。与G坐船去龙山。船在湖心，山在对岸。看过名山大川的眼，再看洞庭的山，只觉得龙山的美，美的乡土，美的亲情。山不是很高，爬上山顶，高跟鞋里的脚已是生生地痛。山里人家的一条大黄狗，一路上山，下山，忠诚相随，遥遥相伴。回码头等船，还早。在湖边乱石里走，满坡的石头让人忘记了脚痛，无心收获，就捡到了两块石头。端石入城，路上人见之，视为欢喜。怨不得，这两块石头，一个秀润，一个奇峻；一个像瀑布，一个似悬崖；一雌一雄，合到一起，天衣无缝。缘分是什么？缘分是一个奇怪的东西，注定在某一刻，缘分到了感情便自然地出现。

一个无心的安排，这两块石头，从此在我家客厅的玄关，相亲相爱，日日交谈。日里相望，只觉得石头的灵异。人间爱石的人多，藏石的也多。想起“米芾拜石”的佳话。宋代的米芾，书画好，文章也好。一生怪异自洁，不与家人共用毛巾、盆具，却是酷爱奇石。家里收藏多多，仍喜四方寻觅。一次出外游玩，见到一块奇特怪异的石头，大喜。说：“此石足以受我一拜！”言毕，整理衣冠，伏首大拜，口里还念念有词“石兄，受我一拜！”石头吸天地灵气，日月精华，万物风采，翩然若现。我虽不致拜石，碰到合意的，却也是痴心把玩。

有过更早的石头，那是在南京。那时公派苏州学习，闲暇之时，遍游苏杭。南京不远，也在其列。南京是一座山城，也是一座江城。钟山，石头山，东西相守。万里长江奔流至此，穿城而去。有诗形容“水上荷花堤上柳，半城山色半城湖。”南京的美，就美在这两个“半”字里。

一路游玩。同伴在真丝店里看嫁妆，我却是流连于夜市地摊的小巧里。逛到夫子庙秦淮河一带，被一些泡在盆里的小石头吸引，一个个拿起来，爱不释手。就有人说到那一个有名的来历。却原来，这些晶莹圆润、奇巧多样的小石头，就是南京有名的雨花石。小石头一个个玛瑙似的，形态美，纹路美，颜色美，似乎六朝金粉已悉收于内。凝神细看，就把你带进山水，带进花木，带进奇幻无边的风景里。如今却想，不知宋代有没有这样的雨花石，被那个米芾见到，还不知怎的。

公差回来，小礼物一样样送人，自己留了套明信片，雨花石的。十多年过去，搬家多次，不忍丢弃。如今从塑料包封的薄膜里拿出来，样子还是新新的。只不知那些迷人的小石头，如今花落谁家，零落何处，终是缘浅。

是一个偶然，也是一个必然，国庆节到了荆州。

江边码头，站在几十米高的荆江大堤上，看荆州大桥跨江而去，江河万里滔滔而来，江水湍急，抵大湾而洄流、漩流多多，终是明白了万里长江险在荆江的道理。顺码头而下，一直到水岸江边，沿着近四十五度斜坡的长江驳岸，从码头一直往前顺水行走，江滩里、滚石堆里，时不时就看到些圆圆的石头，圆得叫人心动。呀，快看。我抬起头，G的手里已稳稳当当躺着块溜圆的石蛋。拿过来，忍不住赞叹。过不远，又是一个惊呼，却是我自己，也捡到了一个宝贝。两个宝贝凑一处，一大一小，圆溜光洁，放到地上，像一对躺着的禽蛋，拿在手里，像两个安稳的“土豆”。突然想起远方城市的那一对，两个人就忍不住呵呵地笑起来。手里拿着这样的两个宝贝，远看，近看，看了又看，只觉得天工造物的神异，一颗心就看得热热地羡慕，真是人间佛石也。

南京雨花石，是少年的童话，龙山洞庭石，是青春多舛的跌宕，这荆州三峡石，却是如中年回眸的平淡。回到家，摆弄好这些亲切的“土豆”，G开始翻箱倒柜，让我看他的宝贝。文章、书画、影集。却有一块特别的玉石，G说：“一直放着没人送，现在送给你。”

缘分是一个奇怪的东西，注定在某一刻，缘分到了，感情便自然地出现。

“受虐”，或“粉丝”

如果休息不上班，或者长假，早上时间自己支配，可以不那么慌张，喜欢悠闲睡到自然醒，简单收拾，下楼，从小院出来，过马路往西，学坡路口拐进去里面百多米，往“米粉西施”的店里吃早餐。而如果上班，搭班车在这边街上，我就不去，早餐多在家里做。青年西路，老街，整条街早餐店却不多，有也是味道一般，要不就隔了老远。

“米粉西施”的店，最初断断续续去过几次，觉得跟别处的店子差不多，里边条桌、小凳，外边灶台、炉火。还有些配菜：榨菜丝、兰花萝卜、酸豆、腌黄瓜，花样不少。小店偏僻，同事不说，我可能永远都不会知道去。吃过几次，觉得店子干净，人干净，就常去，就熟了。过几年，就不止一个人去，又还带着另一个人常去了。

多年上班，早上起床练就军事化。半小时充裕，可以在家做早餐；若是熬夜，早上起来就不那么从容了。那所有的人生大小事，须得大事化小，小事化了。如果时间有十来分钟，这还好。狼狈的时候，就只有几分钟，那就有些不妙了。比如，我有时早上睡过头，醒来七点三十四分，这时候，班车在路上，从先锋路老火车站嘟嘟发过来，七点四十分到这里，过时不候。而我搭车的地方，在太子庙站台，离我住的小院还有五六百米远。这时候，我如果不想错过班车，不想错过上班打卡的时间，不想特别花二三十元银子打的士，这个短短的时间我就不能有任何耽搁——洗脸刷牙穿衣下楼加速度，四分钟，之外两分钟赶路，有时出门还不忘抓两个冷馒头，上班地方的微波炉转转，冲杯牛奶咖啡，早餐对付着也就过去了。这过程，天知地知你不知，香香不抹，发不梳，路上快步走起，随手抓几把。身边那人只看得惊叹。

我上班出门一阵风，休息时出门慢。但不想那人出门还要慢。穿个裤子要看一看，搭个领带围巾要看一看，穿个鞋子又还要跑过去看一看，真是麻烦。我说你吃个早餐出个门都像要做新郎，那么慢。然后锁门，然后发现自己换包了，手机没有带，或者卡没带，之后整个颠覆，自己讪讪反过来，又是开门回头找，带带带。也所以，两个人出门，就好比新姑娘出嫁，一个比一个磨蹭，有时到上午十点多钟，那早餐的时间就过了。休息时还好，不赶时间，也没什么特别着急的事。如果我说去“西施”那里吃早餐，他知道在学坡街；如果我说去“西施”那里买鸡，他知道那在华铁巷；如果我说去“西施”那里买水果，他知道在青年路立交桥边上。

华铁巷里，确实有个卖鸡的“西施”，长得漂亮。我这人怪，吃东西、买东西都挑人。

两个人的日子，周围实在没有好去的地方，而人生漫漫，心有戚戚，也实在没有更多好玩的事情聊以打发，不急不慢的日子里，两个人早上出来，也许吃个面，金鄂山转转，也许汴河街走走。也所以，我们去“米粉西施”那里吃早餐，好像就成了休息日固定的消遣，成了个特别的仪式。

“米粉西施”做事利索，个儿高挑。我后来又知道她是湖北监利妹子。“西施”是那种乍看不漂亮，但看久了顺眼，慢慢又觉得她是特别漂亮的人。人有爱美之心。我觉得华铁巷里卖鸡的那位，不能算“西施”，杀鸡的营生，看着吓人。其实华铁巷里还有个剁肉的姑娘，人长得水灵，用现在人说话的方式，可以喊美女。我手机里有美女的电话，什么时候要肉要排骨，一个电话打过去美女就留着，而且留好的。总之是老熟人，老顾客。但因为剁肉，终作孽，觉得也不能算“西施”。如此算过来算过去，就觉得我们这片街，也只有学坡街这位，肤白面善，当得起“西施”的称号。

有一次，我们在那里吃早餐，后面的先上了，我们的久等不至，有点生气，问“米粉西施”，是不是忘记了？“西施”笑笑说，没忘啊，跟你熟，放后面啦。我看她手脚不停确实忙，也笑笑，就算了。不想后来，又有了更虐的事。不记得是我说过，还是一起吃面时那人说过，反正，自从知道和我一起常来吃面的那人是她老乡，我就觉得这“米粉西施”的虐，更是集中大胆，是专门的对我了。比如，我们两个人一起进店，一起等面吃。先来的那碗，热气腾腾搁桌上，可无论搁哪块，哪怕在我这边了，“米粉西施”都是要推过去，还不忘回头跟我说，他的先下，你的就来还等哈。而如果两碗同时来，分量有多少，“米粉西施”必定把两碗掉个边，多的推过去不忘回头跟我说，多的这个给他，你的少一点。她不知道，在我们家，从来是反的，我多他少，这才对了。

再比如，有时除了面，两人还要各煎一个蛋。面先来，蛋好了，锅铲里递过来，我本来没多想，“米粉西施”却是加一句，这个好蛋，给他了，你的那个不小心，煎破了。我接着那破蛋，开始时不觉得，慢慢吃着就醒过神来，尤其自己煎蛋的经验，让我觉得这吃到嘴里的蛋，也许真的是坏蛋。就觉得，“米粉西施”不可思议，真是补刀神手。说也怪，我受人一刀，还只是愣着，低头吃面不说话。可再是憨厚反应慢，次数多了也受不了，明明只是吃个面，那人却一次又一次，多受如此抬爱，真是感觉虐，虐到地缝了。受虐多了，我有时在桌子底下踩一脚，有时在对面瞪着看他眼睛，有时干脆把给他的那碗端过来，我的推过去，鸡蛋也掉过来。再要不，先来的那碗也吃上，我知道不像样，可是没办法，被人逼着，动作又快又果断，毫不谦让，而且一面吃着一面比画，痛心疾首状，我说“西施”这下可伤心了，我又说“西施”给我的是坏蛋，我不能“七”亏“七”坏蛋，你把坏蛋都“七”回去。湖北人吃饭说“七”饭，我但凡说到那“七”字，人就吃吃笑。那人随便你闹，男人骄傲的笑。

昨天上班，格子间里后排的小妹给我编了个麻花辫。早上起来舍不得拆。一个人出门动作快，有点蓬头，但绝不垢面。八点多钟，街角遇上个老太太，七十五岁，跟我妈一个年纪。住麻塘，几十里路远。因为卖菜东西多，荣家湾来岳阳的西线客车不肯让她上，老太太自己就开着个载货的三轮摩托车拖过来。我看着老太太各样青菜摆一地，高的篓子，低的盆，还有临湘大笋子。惊奇她这样卖菜，尤其这样的年纪还能开着这样带尾厢的大摩托，那可是“大奔”！想想我妈七十五岁，骑单车很多年，人在庙里，还是道场的领班。眼前这位老太太，七十五岁骑着个摩托赶大街，我可是单车都不会，我到七十五岁时能做什么呢？

我本来只吃早餐，不买菜，路过那里，却买了她四个莴笋，一把菠菜。

街角对面，梅溪桥东大市场，各处早市，吆喝开张。路上人多车挤。我在这样的路上拎着菜，往“米粉西施”那店里晃，心想，这次我一个人，你能怎么虐？

到近前，“西施”抬头笑笑，看看我，不忙招呼，手脚停住，连问两遍：“你面色那么差，是不是怀毛毛了？”我站住，惊奇这女人的问话，不知如何继续这“亲密”的交谈。可是“西施”那样关切地望着你，对着你笑，也只好抬抬脚，闷声笑，我脚痛，休息呢，晚上没睡好。

进店，心甘情愿，又受她一虐。

小店出来，过街角，阳光一地斑驳。卖菜的老太太还在树影里，我也完全忘记受虐的事，老太太面前嘻哈瞎扯谈，不停拍照做“粉丝”，记下她卖过的蔬菜，记下她卖菜的样子。

漂流沱龙峡

2013年6月22日，沱龙峡年度开漂第一天。

起漂点在大坝底部，稍远。水，就是从那五十二米高的徐家洞水库大坝开闸处疾驰而下。天河的水帘平漂一段，清，欢快，也托起这坝底平湾里一张张颜色鲜亮的皮筏艇与众游客一路而去。景区半小时车程，大巴车沿盘山公路弯曲而上送我们抵达山顶。森林植被茂密，溪水潺潺。大坝右侧低处正好是峡谷所在。说来有趣，下面太阳，山上却雨。等身上感觉湿冷，队伍已进到一汇合点棚子里面。终于，队伍开拔，自大坝旁边高处的石梯缓缓而下，往峡谷深处。下面水声愈大，而众人嘻哈之声愈小。身边山林青翠，高处大坝雄伟，水是万马奔腾、雷霆之象。人在水边，坐好，双手抓紧艇边握带，身体绷紧。岸上护漂员长篙伸出，一勾一送，椭圆形皮筏艇就到了峡谷滩前，轻舟白水飞波而下，去也。

在沱龙峡，与其讲漂流，不如说这就是冲滩。

人不到近前看不到下面。下来时情形各样。有几段，下来时，坡陡、路长弯也多，一路上白水滔滔，大浪里出没翻滚，魂都要吓掉。有时船随水漂，冲滩口上恰好你转到了后面，这时候下去，船尾高起，一下就俯瞰到同伴背后整个的水面：低处垂直状险滩与更下面弯口。狭窄处，船似在两边礁石处一路碰撞飞弹而下。也所以，每到一处冲滩口，岸上的山民（护漂员）照顾女同志，有机会总是将游艇上女同志坐着的那方转到背水而下的那面，再将艇放下。其实，背水而下的那位，游艇下去时全不知后面情形——每每转弯或是冲至更下面滩口，激起的水流那不是扑鼻那是掩面，一个激灵，打得你耳鼻生疼，待回过神来，来不及抹眼，船又转到了更下一处弯口，水是同样的铺天盖地，瞬间将你整个地淹没。

冲滩而下，感觉如坐过山车，一路披风斩浪。

有时你在前方背水而下，有时艇从某处浪尖里钻出，有时却是卡在了水道某处不得上下，岸上就有人（护漂员）赶紧帮忙，没看仔细，船已是下去了。水在船下，船随水流。城里的那套暂且放下，湿漉漉没人笑你。要说，冲滩考验的，其实是船上两人的合作与胆量。几个回合，人便习惯、放松。亮水平滩之地，也看后面的一只只游艇，怎样从绝壁礁石间随水而下冲入激流大浪中，待船身浮起，大家又都是相同的动作，双手拂面，湿猫洗脸。休息好了，缓过神来，湿猫们不忘要打打水仗，寻些开心，这时候头盔摘下来，直接舀水，派上用场。

麻烦往往在放松处。只以为十九米最大落差处远远未到，在一个无名之地冲滩而下时，我们的皮筏艇整个掉边翻面，两人扑入水底。我在水下本能的意识，要拼命游上去才好。正这样想着，一股突然的浮力将我托出水面，原来是岸上的救生员来了。翻船者毕竟少数，落水也是正常。细想两岸救生员分布，才知道漂流惊险之处更在无名之地。

沿途总计经过九处天然石洞，当地人称九龙洞。

传说，九龙洞是连云山上一个和尚的化身。平江多山，和尚想平山造海，泉神不答应。两人斗法，结果和尚变成了九条小沱龙。小沱龙造海不成，不忘当初的想法，每天在这峡谷里工作，钻穿了峡谷里九处巨石。日光蒸腾，九龙成洞，飞瀑清泉一路蜿蜒……原本寻清凉、自在而来，不想却走进这样一个神话传说。

自经历滩口下来那一处落水，这之后，将近两小时漂流，其他就多是顺风顺水。最险的，十七米滩口过了……十九米滩口又过了。一路上，皮筏艇里全都是水，人是整个坐在水里，衣服、头发整个湿透，裤脚在水里飘起，俨然已是水里的生物。听到滩口人说，这里是最后一处险滩了。前方过去，远远可见平整开阔、镜子样水面，阳光下闪闪发亮。这时，青山在后，头上太阳，落魄的“草寇”纷纷上岸，沱龙峡里一片欢腾。

漂流沱龙峡，平生第一次领会水的魔力。两千多年前，老子《道德经》对水的定义，利万物，而不争。而我只是借这个机会，有幸漂过了一遍。

三国赤壁古战场

此刻，火车穿过小城一路往北。要去的地方是三国赤壁古战场。

赤壁古称蒲圻，因湖多水广盛产蒲草形成集市而得名。想想，蒲草成席，古人抚琴打坐以隔地凉，也蛮好的。现在，有不少人说赤壁，也说蒲圻，都可接受。毕竟，一个有着一千七百余年沿革的蒲圻古县，不会被人轻易忘记。

赤壁有两个。一个在蒲圻，是“三国赤壁”，也称“周郎赤壁”；另一个在黄州，是“东坡赤壁”，都在湖北省境内。我知道赤壁是从唐时杜牧、宋时东坡的诗句，两首诗都有名，又都是写赤壁之战。但据说，两个人都是把赤壁古战场放错了地方，也让赤壁之名从此扑朔迷离。

传说，三国时吴主孙权有诗写蒲圻之景“蒲草千里，圻上故垒；莼蒲五月，川谷对鸣。”

译作现代文，“蒲草千里啊，绿茵茵，圻上故垒啊，雾沉沉。莼蒲五月啊，风光美，川谷对鸣啊，布谷声。”圻之本义，为“方千里之地”。到达孙权所谓的蒲圻之境，所见水塘、稻田，并无蒲草。但我宁愿相信这是真的，那样的话，暮春之季，我们就可以再来看看，这蒲圻赤壁会有个怎样的春景。九十公里之隔，火车一小时车程到达赤壁市。出站口，乘坐 2 路公汽往城西客运站。换红色小中巴，出城，往西，离三国赤壁古战场，我们又近了一步。终于，红色小中巴开进了一个小集镇。在路口中心转盘处，一个高高耸立的建筑物面前停下。

一个大鼎，下边三个支撑的柱子扁扁长长十多米高。船桨吗？不像，不知道该叫什么。桨上一侧有字，谓之“千年鼎盛”。想想，三个柱子，一个鼎，三足鼎立，不就是“三国鼎立”的象征吗？小镇街边，四面环望，除了面前的大鼎样子新新，其他建筑包括镇政府所在就多是陈旧。路上车辆所过之处，也多是灰尘扑扑。到达赤壁小镇已近中午。我们在大鼎旁边的赤壁食府点菜用餐。

听说景区蛮大的，走路都要两三个小时。饭店出来，过景区牌坊，步行几分钟路程，到达景区大门。才知道十步之外一重天，这里跟旁边不远我们来时的小镇相比，完全是另一番景象。还在路上就能听到咚咚的鼓声。自景区大门过神武台，按景区路线，我们从左至右顺时针方向，自金鸾山，南屏山，往赤壁山。

金鸾山有凤雏庵。

凤雏是谁？赤壁之战时周瑜的谋士庞统，字士元，号凤雏。所住之地，金鸾山上凤雏庵。当年，庞统正是在此骗过蒋干一同过江，入曹营巧献连环计。凤雏庵所在，姑且就这样说吧，就像东坡说的“人道是”——人家说的。庞统后来追随刘备，官拜军师中郎将。

南屏山有拜风台。说来惭愧，一直以为诸葛亮是襄阳隆中人，到了这里才知道，诸葛亮老家在山东临沂，只因久居南阳，熟知长江中下游地理天象，在周瑜万事俱备只欠东风之际，早就预测到十一月初冬某日会有东南风大起。所以，南屏山诸葛亮拜风，只是唱给周瑜看的。我们在拜风台稍事休息，过子敬塘、望江亭、周瑜雕像，到达峰顶翼江亭。相传，这就是周瑜当年指挥水军、观察敌情的哨所。翼江亭下眺，江岸石级陡然而下，一条白水横在眼前。终于看到了名震天下的“三国周郎赤壁”。在摩崖石刻，我们跟旁边许多人一样排队等待，拍照留影。所见“赤壁”两字颜色鲜红，相传为周瑜当年打败曹军，一时兴起，挥剑所刻。

江岸对面，洪湖市境乌林渡，曹操当年的屯兵之所。

汉津口一战，只打得刘备抛妻弃子落荒而逃。如今，在这条白水面前，一样的落花流水灰头土脸。想想，手握绝对优势兵力号称八十万大军挥师南下，曹操应是下定决心，把所有的家底都搬来了。打击的对手，孙刘联军，一江之隔，就在这小镇，一起不过四五万人。但结果出人意料。

曹操所败为何？一是运气，二是谋士，曹操的谋士蒋干，周瑜的谋士庞统。

孰强孰弱，看徐庶对庞统的评价，“卧龙凤雏得一者，可安天下！”

庞统与诸葛齐名。曹操的谋士蒋干，为主子两度过江，应也是忠心耿耿，但戏不好看。第一次过江，群英会蒋干中计，回来让主子杀掉了得力的水军教头蔡瑁、张允。会打水仗的两员大将除掉了，荆州水军失了主帅，这为周瑜打败曹操减少了直接的麻烦。第二次过江是带回庞统，其后果，让自己的水军战船以铁索相连，方便了黄盖过江诈降之际痛下杀手，点火烧船。

曹操也是贪心，想一统江南。他其实就在中原之地许昌城里读读《春秋》写写诗，蛮好的，却偏要在这江南之地，赤壁大战，结果，吃了大亏。京剧《群英会》中，曹操有句颇是后悔的唱词：“我只道十一月东风少见。”

如今，硝烟已远，赤壁古战场犹在，也成了今天的赤壁小镇旅游开发的一张名片。已是国庆节黄金周第四天，景区游人依然不少。我们从赤壁山下来，看过赤壁大战陈列馆、过跑马场、赤壁塔，金城、土城一路端坐，所筑屋舍、城墙、工事、战船，今人演绎气势恢宏一丝不苟。下午四点多，出景区。回望三山相连之所，江南之地，寻常山野。也只有到了摩崖石刻才知道，那岸上建筑、自然风光都可忽略。三国赤壁古战场，有这个石刻、有这条白水就够了。

《三国演义》从第四十二回至第五十回，有整整九章写这场战争。周瑜，庞统，诸葛亮，鲁肃，曹操，关羽，各方人物在此登场，都是英雄。长江，水岸，战事，谋略，如此集中，又都是跟赤壁有关。真实的古战场遗址到底在哪里？这并不重要。我们只要知道，这场战争是以少胜多、以弱胜强的典范，也让中国历史结束两汉，就此走向三国鼎立的时代。

已是黄昏时分，赤壁小镇，一路烟尘。热心的摩的司机将我们送往赤壁渡口。渡船载我们过江，摩崖石刻愈来愈远，直到淡出视线。

古时蒲圻，今日赤壁。烟水悠悠，在我眼前点点晕染，渐次铺开。

才知道，看赤壁要在水上。

明清老街瞿家湾

船从赤壁码头靠近乌林渡口时，天色已近黄昏。身后天低江阔，水面一波波回流翻卷。岸上树木影影绰绰只见浓荫。下船，随人流往上，人离渡口越来越远，还不见车影。一个人在夜色里惶惶地等待，就觉得，除了几家吃饭的小店，似乎没什么可以落脚的地方，当初岂能容下曹操的几十万大军？正着急，车来了，天色向晚，摩的师傅送我们至路口，正好碰上有去新堤的公交车，新堤就是洪湖县城。

第二天晚起。时间从容，车站就在街对面。搭客车出城，一路上过峰口镇、沙口镇，往瞿家湾，我们应该是自东向西绕着洪湖北岸打了个好大的弯弯。两小时坐着，也不觉辛苦。在我而言，旅游就是换过的心境，无论去哪里都是好玩。终点站下车，大人小孩也还有七八个。都是去看老街。景区不要门票。正面牌坊之下，一条窄窄的巷子正对大门，往里，几十米开外一垛白墙，上面三个楷体的汉字——瞿家湾，白底黑色，格外醒目。目光掠过汉字，一线白墙灰瓦、清朗俏丽的老街呈现于前，这就是瞿家湾了。

巷子两边都是房子，东西向对称，很多旧式的木板与阁楼，间间相连，结构规整。街面布满条石，游人三三两两。屋角飞檐映衬蓝天。已是国庆节黄金周第五天。景区游人不多，比赤壁还少。左边一处有音乐的房子，两个人往里探头，座位上空空不见人影，屏幕上正在放着的，居然是老电影《洪湖赤卫队》。我们计划先左边，后右边，两边看过了，再来看电影。

两个人走着就散了。我这人性子慢，也好，一个人在老街，东摸摸西看看，呼吸老街的空气也体味老街的安静。看那些白墙灰瓦的建筑，门前静立的石墩，一进两进的木门。转到那木门深处，绕过黑黑的梁柱，又转到那后院墙边。时间在我没有了概念。一个人在这样的地方用相机取景。墙面高处的雨痕，低处的青苔，时时处处地提醒，这条样子干净的老街也是浸漫了陈年的风雨。其中一处，院里出奇的安静，面前一个巨大的碾坊，碾槽边，一棵传说的红军树，据说是当年的红军将领亲手所栽。

瞿家湾由来，民间流传的版本：明弘治年间，一个叫瞿文暹的汉子为逃避官府的追杀，乘一叶扁舟，躲进洪湖深处。有一天，汉子在一处水草肥美的荒洲之地打下了一只野鸭，自此弃舟登岸，用打野鸭换来的银钱娶妻生子，筑屋生活。自洪湖芦苇荡荒洲之地升起第一缕人间烟火，瞿家湾瞿姓族人即在此地落脚生根开枝散叶。至明崇祯年间，荒洲取名为“打铳湾”。

清乾隆四十年（1775 年），瞿氏后人又将“打铳湾”改名为“瞿家湾”。

《洪湖县志》记载：“瞿家湾自明朝弘治九年（1496 年）就开始形成，至今已有 500 多年的历史。老街全长 700 米、宽近 3 米，此街清朝末年即为闻名遐迩的瞿乡集寨，1931 年到 1932 年，为湘鄂西根据地首府所在地。”

两个版本的瞿家湾，都来自明清。但猎户不知，他那一声枪响，会穿越四百三十一年时空，成了未来他日——一场规模更大更猛的风云前奏。土地革命十年激荡，洪湖瞿家湾历史翻天覆地，在革命战争年代步入其鼎盛辉煌。这一时期的洪湖儿女，在贺龙、周逸群、段德昌的领导下，参加农民运动，建立湘鄂西革命根据地，反抗国民党武装围剿，打土豪，分田地。前面，景区看到的老电影《洪湖赤卫队》就正是这一时期农民运动如火如荼在洪湖根据地的真实写照，也广为人知。摘录景区墙上的两处歌谣，“手拿红缨枪，勇敢上战场。有进没有退，消灭白匪帮。”“能打大胜仗，所向无阻挡。得胜转回程，人人喜洋洋。”星星之火，可以燎原。洪湖根据地在当时发展壮大为湘鄂西革命根据地，与鄂豫皖、湘鄂赣苏区互为犄角，成为土地革命时期共产党领导的三大红色苏区之一。而瞿家湾在洪湖之滨，为中国革命成燎原之势积蓄了燃烧的火种与力量。鼎盛之时，成为湘鄂西根据地中心首府，是中国共产党湘鄂西中央分局，中国共产党湘鄂西省委员会，湘鄂西省苏维埃政府，湘鄂西革命军事委员会等领导机关所在地。

这条宽不过五米，长不过七百余米的明清老街，当年有那么多标牌林立的机关所在，建制堪称完备——景区现存机关旧址二十一处，遗址十八处，又还有湘鄂西省委宣传部，军委办公室，省司法部,《红旗日报》《工农日报》旧址…… 甚至还有关押犯人的牢房旧址等。最鼎盛时，湘鄂西根据地首府管辖五十八县之广，领导湘鄂西正规红军二万，地方武装五万。

来时看过地图，依稀记得的地名，汉河镇，戴家场镇，龙口镇、乌林镇，瞿家湾镇……这样的地名有很多，或以地貌、姓氏，或以人名繁衍延续。沧海桑田，曾经的人口稠密、商贾云集之地，有的空空如也、湮没于尘土，有的于静默之中，只留下一堆不能说话的建筑。瞿家湾与这样的地方有其相同，也有其不同。不同的在其历史。历史是骨架，而建筑是附着的面纱。景区陈列室，看过的展示名单。上面都是曾在湘鄂西战斗过，1955 年被授予少将以上军衔的红军将领。其中有共和国十大开国元帅之一贺龙，有大将许光达，上将贺炳炎，另还有中将七位，少将三十五位。

湘鄂西革命根据地可谓是将星的摇篮。

想起这样的一句话，Doing what you like is freedom，liking what you do is happiness——自由是做自己喜欢的事，幸福则是喜欢自己做的事。

无论是活着的英雄与死去的烈士，用景区陈列室宣传窗里的话作结：洪湖是一块英雄的土地，土地革命战争时期，洪湖儿女为了中国人民的解放事业前仆后继，浴血奋战，或马革裹尸，血洒沙场；或坚贞不屈，惨死在敌人屠刀下；或捍卫真理，与党内错误路线坚决斗争，含冤于九泉之下。在这块血染的土地上，为革命献身的共产党人和革命群众数以万计。他们铸造了共和国的辉煌，赢得了至高无上的荣誉，树立了一座座不朽的丰碑。他们无愧于这个时代的评价。这也是吸引在和平年代工作生活的我们来此参观、纪念的力量所在。

遐思

今日大暑，一年中最热的时候。班车上，有风。我在靠窗的位置。自西向东，穿越大半个城市，不算堵车，路上都要有三四十分钟。这样的时间，无论是上班还是下班，都可以是一种放松。阳光在窗外闪烁。过十字路口，班车右拐，往南，前方约五百米，是一片新起的楼盘。在2009年公司整体搬迁之前，这里是老厂的地盘所在。尽管，现在与老厂再无关联，但我和所有的同事一样还是习惯了喊它老厂。

我在老厂的时候，是生产线上的一名倒班工人。但凡有工厂经历的朋友，对于像“油污”“噪音”“工作服”“说话粗犷”等等这样的字眼，自有他心领神会的体味。若在这体味之外，还加上倒班，那种黑夜伴随机器的孤独，生活作息的不规律，在万家灯火年年节节的夜晚，就更是真切，直逼人心灵。说倒班，其实就两人。人也自由。那时车间有订报，时常就拿了报纸看那上面的文章。久而久之，自己也写写，有时候就在上班的地方。很多分来的大学生，后来陆续都走了。只留下一个心怀梦想、没有背景而又太过老实温顺的年轻人。是的，这个年轻人她就是我。

手机刷屏，目光停留在一则消息上，《岳阳日报》创刊三十周年征稿启事。这启事让我又想起那些倒班的日子，想起那些与报纸结缘的时光。《岳阳日报》的前身是《岳阳晚报》，创刊于1985年。最早接触《岳阳晚报》应该可以追溯到我的高中时代。那时，我的父亲，新墙河边一个普通的农民，他居然订有许多的报纸，其中就有《岳阳晚报》。在课余或放假回家的时候，我常常就多了一份意外的惊喜，看到那些报纸上刊登的生活小常识和都市新闻，我对未来的生活就充满了美好的向往。大学毕业分配到这张报纸所在的城市，一个理科生莫名地爱上写作，并和《岳阳晚报》成为倾心的朋友。仿佛一场奇遇，又仿佛命运之神秘的牵引，如朝饮木兰之坠露，如夕餐秋菊之落英，如水到渠成。

因为倒班，文字成了我心灵的安放。《西塘桃花行》《选一条大路去远方》《那嵌在梦里的》等，都是我曾在《岳阳晚报》副刊发过的豆腐块、小文章。真心感谢《岳阳晚报》副刊对一个默默无闻作者的宽容与厚爱！

现在，班车经过南湖广场，过迎宾路体育馆，十字路口右手往东，通往岳阳大道。矮的月季、高的玉兰，在暮春、盛夏之际，碧绿长带，红红白白，颜色甚美。十字路口再往北，秋天一条红叶飘拂的路，东边市委对面不远，就是岳阳日报社原来的办公大楼。想到报社，我眼前浮现的，就是一张亲切而又温柔的脸。那是当年《岳阳晚报》的副刊编辑，也是我现在熟悉的《岳阳日报》副刊部主任李芳梅。最初接芳梅姐电话，是去报社拿报纸。我喜欢那样的地方，喜欢在那样的豆腐块里细嗅文字的芬芳。因为文字，我们从最初的陌生到后来的相熟，到现在可以在微信朋友圈开些并不过分的玩笑，一晃，已是八年的朋友。

有时，我在她办公室坐，看她在电脑上一面忙，一面还不停地招呼我。忙完又转过身来，热情泡茶，轻轻说话。我为人胆怯封闭不自信，但是有一次，我在芳梅姐办公室破例了，我看到了她眼角晶莹的泪花。

我不记得当时跟芳梅姐说过些什么了，记住的只是那样的一瞬间，一个安静的倾听者，她所给予的温柔、美好与良善！

江湖交汇，草木山川，流风甚美。我有幸与岳阳楼、洞庭湖相邻为伴，见证这城市的发展，也见证了《岳阳日报》的昨天和今天。从最初的传统版，到现在的彩色多版；从登录 www.803.com.cn 查阅每天的电子版，到现在报社各种的微信公众号江湖那些事、岳阳日报洞庭、岳州教宛、岳阳日报时光故事等等。不久前，报社推出的“岳阳楼”副刊优秀作品集《楼高声自远》（2004 年至 2014 年卷）由百花文艺出版社出版发行，我的小文《石头记》有幸收录其中，对于喜爱文字的作者与读者，这无疑是一份值得收藏的精美礼物。

车过王家河大桥，进入岳阳东城区，一眼便能望见新建的岳阳日报传媒集团大厦。这是发展的需要，也是发展的必然。短短几年，突飞猛进。如同这闪亮的日子，款款而来。不用众里寻你，爱你的声音自会一呼百应。因为，楼高声自远。《岳阳日报》创刊三十周年，读你千遍也不厌倦。读你的感觉就像是在春天的黄昏后，在夏日的荷叶田田，在秋日的红枫里，在冬天曼舞的雪花深处，与深爱的人牵手，深情，缓缓。

南岳衡山

如果坐火车来这里，桥是必经之地。但现在，桥身正在修葺，禁行了一切的车辆。不能确定，远方那片云雾缭绕的所在，是不是此行要去的地方。桥下流水，桥面空旷，我们在穿过长桥去到对岸。三个人踩着影子的行走才刚开始，满世界阳光。到达南岳衡山牌坊已是中午，这是南岳景区的标志。牌坊之大，跟周边建筑比较，高度该在六层楼以上，四柱三门各分车道，正面琉璃之下是衡山山徽，一片像树叶的图案，其实，这是一只叫朱雀的神鸟。

来南岳前，身边不少认得的朋友对我说起来衡山的经历：她们在佛教用品商店里，买特制的檀木，香签，一定数量的香包。香包格式固定，内容相同，都是些小小的纸袋。一个香包配檀木一根，香签两根。封包过程极是讲究。封包之前，每个香包要写上自己家人的名字。名字依儒家格式，长幼有序。除了名字，又还要写上离家最近的庙宇的名字。名字错不得，地址错不得，错了的话，菩萨的福音关照不到。我自是听着天书，心想，南岳菩萨在民间的威信确实蛮大。

第一天行程，由西街，过御街，我们先看南岳大庙，再往水帘洞景区。

西街是人间烟火，饭馆商店鳞次栉比。

御街多是青瓦粉墙，街道两边有各样香行、佛教雕塑、工艺品小店。单是香，平安发财香、学业进步香、添福添寿香、观音送子香、步步高升香……让人大开眼界。御街的由来和在金简峰黄帝岩下刻下“寿岳”二字的宋徽宗关系密切，还是与我们此行要去的南岳大庙更有渊源？这个不得而知。过御街，我们来到南岳大庙。南岳大庙历史悠远，起于隋，盛于唐，历经六次大火，十七次重修扩建。中轴线上建筑群，屋脊重檐金碧辉煌，上有金色琉璃，下有红墙立柱。亭台楼阁依次拉开，有的镶龙嵌凤，有的刻神话传说。正面迎门多是镏金匾额，各处飞檐斗拱，或饰青绿祥云，或配红花异草。第四重御碑亭，亭里有石龟驮着石碑，上有清帝康熙的亲笔撰文《重修南岳庙碑记》。碑刻首句：“南岳为天南巨镇，上应北斗玉衡，亦名寿岳。”

这是南岳为“寿岳”的御定。

南宋陈田夫《南岳总胜集》卷上引《湘中记》云：“衡山，朱陵之灵台，太虚之宝洞，上承轸宿，铨德钧物，应度玑衡，故名衡山。下踞离宫，摄位火乡，赤帝馆其岭，祝融宅其阳，故曰南岳。”南岳大庙，得历朝历代修庙记文。

因为有祝融，南岳就像一盏灯，汇灿烂星河，照亮芸芸众生。

还不是民间信徒五湖四海、云集而至的香火旺季。远远望见，圣帝殿里仍有不少虔诚的香客。过十八罗汉雕塑园，在园内一处拱桥之上，下看水面天光，满池红鲤活泼游动，右手边一尊观音俏立。正逗留，电话响起，特快专递说是 ** 同学的大学录取通知书已经送达。这是衡山之行一个难忘的花絮。

出南岳大庙，过小桥一座，受路人指引，我们从东街转到南岳镇上的一条主道，好不容易等到一台私家的士，送我们到达水帘洞景区。沿石板游路溯溪而上，远远看到一架虹桥，上有水帘洞三个大字。两岸峡谷，脚下清流，花草树木深绿无际。其中一处高近百米的花岗岩断层绝壁，水经两叠巨石而下，形成一个大而奇丽的瀑布。到虹桥之地，上桥不远，天空突变，峡谷惊雷，乌云翻滚，夏天的暴雨说来就来。我们仓皇而返至桥边凉亭。雨越下越大，没有停歇的迹象。时间已是下午五点，前面峡谷寂寥深沉，不知还有多远。隔着雨幕，拍拍照，发发呆，脚也在隐隐生痛，没有雨地登山的勇气。

景区门口一辆公交旅游车亮着车灯徐徐开来。这样的公交车是衡山镇上的一大风景，街区免费搭乘。听说这是由水帘洞返回市里的最后一班车，凉亭里一干人像是看到了救星，顾不得雨，都往停车的坪里跑去。南岳四绝之一的水帘洞景区，在我是如此草草收场。一不见其奇，未到水幕帘珠、仙人石洞之所，二不知其刻，三不懂其名。水帘洞古名朱陵洞。据说，祝融所葬之地叫祝陵，祝陵音近“朱陵”，慢慢演化，就成了“朱陵洞天”的名字。

回南岳镇上，雨停了，各处夜市开张。我们是过客，到处不熟悉，三个人东跑西跑，辛苦不提。总结看过的菩萨，其一祝融，其二山雨，雨也是山水之神。

第二天，到达南岳的第一个早晨，我们做好了“长征”的准备。

南岳主峰祝融峰，峰顶像一只朱雀的脑袋，两侧如翼舒张。海拔约一千三百米，在南方并不是很高，但名气大。很多的香客年年登山，都是往祝融峰而去。更有心诚的香客，一路上山三步一拜五步一跪。我们在半山亭下车，步行往索道站。索道上山，将近有十分钟时间。大地，山麓，随高度在眼前层层铺开，远山绵延，云海在下，天外飞仙的感觉也不过如此。出转运站，转到一处观景台，太阳不知何时已钻出了云海，远处半山亭上的索道站，这时已变成了一个小小的火柴盒。第一次这样的视角看南岳的云海，万壑晴岚，欲见不见。震撼之余，想起清代魏源的比喻：“恒山如行，泰山如坐，华山如立，嵩山如卧，惟有南岳独如飞，朱鸟展翅垂云大。”

在南天门上封寺，转往禹王城。我们花了一小时，原路回转，再往祝融殿。上午八点四十分，到达峰顶。大殿里人多，俗客仙家上来一趟都是不易，都想跟大殿山门牌坊——“祝融峰”拍照合影。有几个女同志站在那里照了又照，神情豪迈。回望祝融殿，三十多级花岗石台阶巍峨矗立，山门两侧对联：“寅宾出日，峻极于天。”

从大殿下来，转到有赵朴初先生石碑题字的那个寿桃处，找个位置坐下小歇。突然想，这祝融峰老圣帝殿、南岳大庙圣帝殿、水帘洞道家朱陵宫，所供都是祝融。天子祭祀为江山永寿，百姓朝山为祈福添寿。如果说我登祝融峰心有所求，那也是同样，只求家人幸福、健康长寿。人到南岳，一半看风景，一半看庙宇。一路而来，从昨天的南岳大庙，祝圣寺，大善寺，到今天的上封寺，祝融殿，福严寺……还有更多更远的寺庙藏在众山之中我们未到之所。

掷钵峰下磨镜台，我仿佛又看到了一条隐在的河……

苍松古树，蓝天掩映，星河流转。

走出福严寺，时间已是下午三点半。我们的位置还在半山腰上。还有几个要去的景点。为节省时间，我们开始坐车，将近一小时到达“穿岩诗林”。沿石板游路继续下行，过七・七纪念碑与忠烈祠，在梵音谷与华严湖一段，地势已近平缓，两岸依然峡谷。三个人沿水天一线行走，倒像在继续昨天没有走完的水帘洞景。在一个林木幽深的所在，一天的疲惫，两脚打绊，好好的人在平地上一个摔跤，女汉子拍拍衣裳，跟儿子合影一张。晚上七点二十分，我们走出胜利坊，万家灯火。左边不远“中华万寿大鼎”矗立在高台之上，那望不清的石级与台阶打消了我们的念头，三个人注目以礼。快门响过，我们与寿岳衡山牌坊合影数张，远处的衡山隐入天幕，成了照片的定格。南岳衡山的景色之美、历史之深，让我惭愧。

李白说，“衡山苍苍入紫冥，下看南极老人星。回飙吹散五峰雪，往往飞花落洞庭。”衡山之历史，有南岳衡山牌坊胡暇之撰联总结：“秀气来高宇，看四绝奇观，五峰胜景；文明称奥区，有二贤吟迹，七祖道场。”

寂寥的冬日翻开照片，重又看到那满山的阳光，飘动的云海。夜色温柔，人与照片相对，许多眺望也便是回想。有谁相信，那个在湖光山色间行走的我，自始至终是带着一个疼痛的膝盖走完全程？来时不知道半月板已破裂，如此还能爬三山五岳之衡山，这也是儿子结束三年高中学习顺利考入大学，为着一个小小的庆祝，我们三人第一次走出家门结伴同行。两日游程，除了去水帘洞时有过的那一场急雨，多数时候我们所见的衡山都是阳光灿烂。

宛若夏花，宛若秋叶

片片蝶衣轻，点点猩红小。道是天公不惜花，百种千般巧。
朝见树头繁，暮见枝头少。道是天公果惜花，雨洗风吹了。

——刘克庄《卜算子》

祺姐

似乎一眨眼，春天就从故乡一节一节开到了眼前的城市。满街的香樟，自由、纵深，歇息着时光，也绽放着新绿。我不知道，像这样的全神贯注又饱含希望，有没有暖到一个人现在的心底，那个人是我的祺姐。祺姐是舅家的女儿。我在那里的时候小，不记得与她来往的迹象。长大了，去那里做客，见到的祺姐已读书了，喜欢一个人关在房子里，或者一个人在闭着的纱帐里。我们去了，舅妈就在黑黑的灶膛里生火，煎上热热的荷包蛋让我们吃。我隔着纱帐祺姐祺姐地喊，祺姐不出来，问她做什么，说在构思、写故事。这样的祺姐让我忽然地尊敬、仰视。

某一天，见到的祺姐不在纱帐里，她戴着一顶大红的呢帽对着我笑。祺姐似乎恋爱了。在我的姊妹中，爱情从来都是羞于言说的。即便现在碰到一起，我们还在彼此的习惯里，交流难得一见。祺姐却不，她有那样鲜活的微笑、快活的话语。人在面前，就觉得自己也是一只春天的蝴蝶，晴空扑面地飞。一个开花的女人，由内而外散发说不出的美丽，却又昙花一现。

我不能专注于祺姐的讲，为那一个未曾谋面、毫无印象的青年。我的目光始终在那样一顶鲜亮的帽子上，这样的帽子太不多见了，样子好看，又那样的纯净。坐在房子的深处，看着她和姐姐亲密又羞涩的说话，神态是我从未见过的，可是好看，一时不觉得时间飞逝也不觉得房子的幽暗了。我不知道究竟是帽子还是因为少女的祺姐，一个人的美丽会在那样的光亮里。

那个青年的男子后来到哪里去了？为什么他没有来？为祺姐，他该来的。

舅妈其实是很生气的，对祺姐。后来的消息隐隐约约，又晴天霹雳。那个青年男子坐牢了！原本，他是要来娶祺姐的，可是舅妈固执地要他拿出聘礼。那是一个鸟都不去的地方呀，约定的日子一天天近了，他一筹莫展地急，本是个文弱的青年，万般无奈下，为了心爱的女人，终于铤而走险。原本容易的事，突然一下烟消云散，已经七个月的孩子被逼着打下来，祺姐从此再不能生育。但她却还常常偷着搭车去很远的地方，过一个大湖，去看那坐牢的青年。

很多年了，都忘不了边城里吊脚楼下翠翠的忧伤，命运是何其的相似。在清明的太阳又高又亮的时候，在大地又捧出了深情花朵的时候，我都会想起那柔弱、纯真、善良的擦肩而过的女人的命运。这一切，在我成年后，母亲才肯对我讲。母亲说，现在的祺姐看起来不再年轻了，浮萍一样漂在南方。母亲说，都是冤孽呢，怪你的舅妈呢，当初把那个孩子生下来，多好！少女的祺姐连同她的爱情，终是如同翠翠故乡坍圮的白塔一去不返。而那样幸福的帽子微笑的帽子，也尘埃散尽消失不见了。那个青年的男子或许还会来，或许永远不再回来。

这时候，祺姐是一个心酸的翠翠。

无衣

杨雀子叫，姐儿笑。

街上流行一片云。摩丝，发胶，前面一扎高高的刘海。女人们清一色，大脚碎花灯笼裤，高腰罗布裤。又有一种黑色发亮弹性极好的健美裤，不分年龄大小。潮流，时尚，一拨又一拨，水样地席卷、浸漫这座城市的街巷。这是 90 年代。又还流行过一种大摆裙，白色，六页八页不等，浓浓的学生味，高跟鞋穿起来好看，舞厅里旋开又是一朵轻盈的睡莲。这都是我在这座城市的最初几年，与几个同样单身的女孩住寝室，一到下班就叽叽喳喳，人对衣服的经验教训全都在那一时得来。

休息的时候可以整座城市地逛。逛累了，进南正街那家有名的冷饮店，选个近窗的位子点些东西吃。休息好了又是三五成群继续“扫荡”。买衣不是着急的事，漂亮的衣服尽管试，有时一条大街走到底了还两手空空，有时讨价还价一拍两散，有时皆大欢喜。

衣服终是花样翻新地穿。却不像小时候。小时候衣服都是姐姐的，一年到头少有新衣。有一年，人在七星桥姑妈家带表弟，回来时，姑妈给了我一截漂亮的布，要母亲给我做衣服。那时候家里做衣可不是随便的事，商店里扯布还要布票。我也许小，不懂那样的事，但知道家里做衣的隆重，得把裁缝师傅恭恭敬敬请家里，好茶好饭地招待。裁布，划印，师傅踩着缝纫机，针头上下吐线，如行云流水。我喜欢那样的声音，那样的声音代表节日的临近，代表姐姐泡出的好茶，代表一切好吃的东西。母亲不肯随便地应允。花布终是不见了，就生气，发狠地想，将来长大了，要买很多很多的新衣，让你看着一辈子穿不完。

真的长大了，远没有街市的经验。永远不知道该吃的零食，不懂流行的品牌，能够知道的就只有书。买衣多是品牌店，那样保险也无须还价的伤神。上班的日子多是工衣，冬装过了夏装来，买了的衣服也穿不上。有时衣服几年不买，有时心血来潮一买又是好几件，终是犹犹豫豫矛盾的心。

2007 年，我患着厉害的过敏症。要命的时候，头发要高高地扎起，不能挨着皮肤，一切带毛的衣服都是负担，束之高阁。衣服常年贴身只能是洗得发白不能再穿的那种。母亲不知这样的底细，被我的“潦倒”一时吓倒。消息传出，成打的牛仔衣、连衣裙，这是“外外”的。“外外”是大姐的女儿（在我们那里，姐家的孩子都喊“外外”），在一座大城市做导游。又有各式的棉袄，或拉链或搭扣，各式的套装，新买的羊绒衣，这都是姐姐的。姐姐在省城，高知阶层。衣服成包成袋源源不断，或是从“外外”那里邮寄，或者坐着长长的火车从姐姐的城市过来，支援母亲的“灾区”。

衣服来了，床上、沙发上一件件打开。想象“外外”，背包、牛仔裤、太阳帽，脚下的日子万水千山；想象姐姐，中式、紧袖、收起的圆领，站在风起云涌的讲台。岂曰无衣，与子同袍。我穿上这样的衣服，一时姐姐，一时“外外”，自己也哈哈大笑乐起来。我其实喜欢一切漂亮的东西。更确切的，在生活的真理面前，我是在“外外”和姐姐之间，而母亲是我的镜子。一辈子，我不见她穿过漂亮的衣服，她也有过年轻时候的美呵。我也许不知道漂亮的妈妈什么样，但是我知道，我是妈妈的女儿，我会活出妈妈没有的味道。常在换季的时候整理衣柜。就像今日，想起的时候，又一件件拿出来，一切又重温一遍。

夜班

母亲带我从这条街道经过的时候，我特别地看了看，两旁的街树还不及我高。太阳早已下山，我们还在薄暮的微光里赶路。我一路问母亲，到了吗？怎么还不到？从下车到现在，我的脚都走痛了。母亲就说，快了快了，前面过山就是了。我们穿过城市的街道，去一个远远的地方看我的兄弟。哥哥大学毕业了，分在郊外很远的一个伴湖工厂。我的肚子有些饿了，可是一听快到了，步子又无端地快起来。如果我能有哪怕一星半点的，知道这条街道与我将来的人生联系紧密、关系深藏并且从此划下深深的印痕，我的灵魂一定会跳荡起热烈的火焰。

几年后，我毕业分配来到这座城市。再次踏上这条街道的时候，心里就有些落寞的惊奇。我行将面对的，将是一份怎样的人生呢？远远地，斜坡上去，在一片隐秘的浓荫里，林木华妙，我即将报到的单位就在这里。工人一色的制服。进厂，剪发、培训、上岗，很快我也成为其中的一员，一切充满活力。日子年复一年，街道，人事，沧海桑田。

身边的街树已近三层的楼面高了。在这座以旅游闻名、我所栖居的城市，我所在的单位，以其优良的制冷电机在全国知名并出口欧美。参与过大功率高压制冷电机行业标准制订，人说得标准者得天下。白天夜晚，工厂的机器都在它固定班次的隆隆运转里。冷冲模具的加工，是当时一门新型的行业。我因为精通其中之一，经常就有人找上门来，要我帮忙做事。那时也没有现在普遍的私家工厂，尤其，公家的事上多劳多得，忙的时候通宵达旦。有时也带着孩子，夜晚，我会教孩子在桌上画荷花。荷花是水乡，是老家，是我长在这城市里最深的想念。机器还在规律地轰鸣，孩子倦了就睡在机器旁边的条椅上。无论工作多脏多累，我没有嫌弃。看着电脑上分分秒秒跳动的数字，默数着一个个指令的完成。外面夜班的师傅都走了，我还在等着工件从夹板上卸下，汽油里冲洗拿出来，放上一个干净的板面。车间高处的顶灯倾泻而下，照着飘来飘去的飞虫。金属拿在手里，释放出如瓷的温润与光亮。我用挑剔的眼光仔细检查，期待一幅幅没有瑕疵的作品。远处的通道两边，有我熟悉的机器，老朋友似的不用说话，各自在它熟悉的影里。

草地的蟋蟀还在唱着去年的老曲。夜晚过滤了白天的一切，直到玻璃窗上现出城市的灯火现出我的影子浮在那浓酽如酒的黑里。短发的，马尾的，麻花辫子的，全是我。我在自己的工作间里，拿着各种形状的尺坐着、站着，走来走去。偶尔，我会穿过机器的丛林，在这样的场地上呆呆地想，我所加工的钢铁，也许超过了整座的房子，而这，是我的自豪还是我的悲哀？

那么多青春的年华，堆满记忆的仓库。变化将我遗忘。

我成了单位有史以来夜班时间最长的一位女性。常常，别人睡了，我的机器还在转。有一天早上，人从机房出来，走出车间通道，才转弯，见到那条黑黑的狼狗，尾巴低低，以一种奇怪的跑姿突然出现在我的面前。它的表情是犹疑、警惕、恼怒？我还在看它的时候，狼狗的爪子一边一个已经搭在了我的肩膀，嘴巴近在眼前，我有些蒙了。我听到门卫的大声呵斥，他一边迅疾地往这边跑，一边高呼狼狗的名字。他要我站着，千万不要动。或许，狗在刹那的犹豫里被我的“平静”弄呆了，我们看着彼此的眼睛，一动不动。门卫很快牵走了狼狗。曾经，这条巡视的狼狗把一位退休的师傅伤得很重，我见过那样深深的牙印。当时，我也许一宿未眠，人在疲倦的麻木里来不及多想，不觉得多么的畏怕，我只是拍拍身子，平静地走出工厂的大门。

道路在没有道路的地方。

2009 年，单位人事变动，因为公开招聘，我来到现在的岗位。工作依然是电脑，有时也加班，可是不用再上那样的夜班了。想想自己，一个地方，一个岗位，整整十九年，自己都不能相信。十九年，曾经，在我满手油污抹着那些机器的时候，我会全心全意忘记一切，我为实实在在的生活而活，我会同熟悉的工人师傅们说笑，我对一切的底层有了真心的认同而不是假装的崇高，因为我来自其间。

火车·橘子·黄胶鞋

来凤凰前，我请了整整一周五天的年假，加上国庆节长假七天，加上两头的周六与周日，一起就是十六天。一个上班族，平时没什么大事的话，不会有如此豪华奢侈超长的假期。这假期在我那个小小的圈子里，无疑是一粒石子激起了层层波浪。一起上班的领导、同事、相好的姊妹，免不了就有些驰骋的遐想。我明白一切她们的好意，一起都是多年的同事，打探消息也是自然也让我感激，有喜事一定通知哦，但现在，真的没什么呢！这是2010年。那时的我，要说跟现在也一样，天地小着，日子简单。但在日子之外我明白，一个人内心的空旷会更加深远。也相信，无论将来的日子有多长多远，会有一匹奔驰的骏马与一些斑斓的路途，如春风长日，在一个人心灵的旷野。

一个人坐在卧铺车厢里，上上铺，小高层。我从上来就没有看下面，也不敢多动弹，总觉得下面都是他人的隐私，也不敢真心睡着。一个人隔着结实的车皮，想象外面流动的灯火，想象火车的颜色，想象黑夜里车皮两边涌动的一切，怎样地向前流逝。我说向前，却不说向后，说向前，是多么鼓舞人心的事。况且这世上从没有绝对的前，也没有绝对的后。太阳落了还是升起，火车去了还会再来。在此之前，我还从未有过独自旅行的计划。不是不想，是不懂。不是有钱人，工作性质也不能随随便便四处晃荡。总觉得出门远行，那需要很多的钱也需要很长的时间，总不能随随便便就请个长假出去。现在，假期来了，我能计划什么呢？现在想想，我那时真是茫然——好像，我去那里就只是告诉，告诉那人，我有了一个长长的假期，有了这壮士出门、游走江湖的勇气。

一个人坐在这样的火车上。上铺哪好久坐得，应该是躺着。人是躺下了，身子底下一路都是哐当的路轨，各样吵人的声音时重时轻，有时一个晃荡吓一跳，知道火车在转弯了。我很笨，脑袋躺在靠近窗户的那头，车盘底下正是路轨。如果换方向对过道，情形应会好多了。人在高铺这样睡，耳朵里吵吵闹闹，真如头抵枕木、身在云端了。车厢里已经熄灯，没人说话也不能睡。这火车也奇怪，还在固执地牵了人思绪，一些平时不曾料想的念头，这时也便摇摇荡荡直入了头脑。我知道，这世上会有很多的人，如我一样地活得“辛苦”，一辈子很多的顾虑很多的打算，很少有勇气把自己从那份熟悉不过而又是循环往复的日子里挪开一步，更别说坐上这样的火车，没有工作与孩子的牵绊，就只是一个人，静静地，在黑夜与光明交替的那一刻，与自己相对，与光阴审视。

要感谢火车。火车的哲学，穿过黑夜，即是黎明。

我也是在这样的一刻才知道，人有时要在一个孤独的层面。一个人不能随波逐流，也不能总是孤独。无论哪样的一种状态，久了都是生病。一个人需要健康而又精神地活着，这是人生的信仰，也是对父母的感恩。但不管怎样，人偶尔也需要孤独。在我而言，一次远行便是一个孤独的投入。我喜欢火车，也便是喜欢了这种“旅行”的感觉。也许身边会有人，但在许多内心滚烫而又宽广无边的时刻，那也是一乐。也所以，在去凤凰之前，在开往深圳的这趟火车上，我对深圳应该是心怀美好的想象。这想象感动自己，也感染了他人，也让我完全不知道自谦了。还是在熄灯之前，我在卧铺车上躺着的被窝里，跟一位偶然认得的大作家发短信。告诉他，若容是坐在开往深圳的火车上问候他。深圳是多大的地方呢？很多人一辈子没去过，很多住在山里的人一辈子去不了。那里还有接我的人。也所以，提到凤凰，就不得不说深圳。深圳是比凤凰更远的南方。人在深圳一周，这里那里各处转过，别的还好，吃饭成了最大的问题。壮士天生一个农民的胃，除了家里的饭菜，吃不惯那里的牛奶咖啡，闻不得那样甜腻的空气，杯盘里摆着的红红绿绿都不习惯，不是家里的味道。只好回来。家里休整一晚，又是火车。这次有点信心了，壮士在去怀化的路上。

来湘西这是第二次。之前的一次，还是火车。也是同样的路线，岳阳，长沙，至怀化。但之后的线条，是麻阳县城与底下的一个小镇，去那里参加婚礼。那是很久以前的事了。也所以，知道湘西有夜半的哭嫁，婚礼场面吃吃喝喝整天的热闹。那里人吃饭、喝酒喊“莫”字，很响亮，“我酒呷好了，莫要了！”“我这还有，莫添了！”苗家的一个莫字，满足，随顺，说着了古往今来多少漂亮的大道理。那镇子不大，但有些人家。有的水泥房子，有的木板房。木板房子上下各处木板围起，门扇洞开，里面黑黑。人隔地坪站那里，看半天看不出什么，也不好意思紧站着。有时大半晌午，还有汉子跟母鸡一样端着个大碗歇在自家坪里或是在自家门槛上，一直那样地蹲着，慢悠悠扒拉碗里的吃食，围着的鸡子，鸭子，大狗子。大狗子各处走着，有时根本不看你。早餐随意又还是接着的中餐，一天吃两顿饭。头一天中饭吃得早，几个人坐那里，晚饭久等不至，我头天在那里半夜就饿醒了。

陪我一起走路的，是那镇上的一位中学老师，也是做客，打过招呼就认识了。脚上穿的居然还是双黄胶鞋。90 年代中期了，这样的黄胶鞋在我的家乡，城里已是多久都不穿了。老家乡里，年轻人怕丑不穿它，除了园子里劳作的大伯大婶偶尔得用的时候穿一下，其他真是少见的了。但现在，黄胶鞋的的确确穿在一位中学老师的大脚上。“黄胶鞋”朴实热情，不知道我内心有过的翻腾。受东家所托，带着我在镇上各处走动。看过镇上的老城墙，旧时杀人的大操场。那里还有一条江，很白很长，叫锦江，从哪里流来的不知道，往哪里流去也不知道。我那时真是木讷得可以了，见识有限，不知道问些更远的话题。

我去那里的时候是秋天，金橘成熟的时候。镇上苗人每月都有赶场的日子。有土鸡山鸭，有酸梅山李，现在是秋天，许多的橘子，从人家山上的园子里摘来，堆在筐子里金黄灿灿，小山一样。筐子旁边都是挑担的人，从各处的山道汇来了这里，一眼望不到头样。挑担人或坐或立，戴着那样斗笠尖顶的帽子，跟我老家的草帽真是不同的。他们有时拿帽子扇风，有时却用大手掌抹一把脸上的汗。我在后来也看过一些苗寨，当门一个大牛头，高高挂在门额上。这些离小镇并不远，想象这帽子换个颜色，插上翎子，再穿上“号褂”，底下换上他爷爷或是爷爷的爷爷，就是清朝的老兵了。看到帽子的时候我正举着相机，各处拍照，也被自己的想象逗乐了。

“黄胶鞋”介绍，这里是大湘西腹地，山里人家，山多田少，许多人的园子里都是栽橘树，一根橘树，政府那时收一两元不等，这税也是合算了。柑橘品种繁多，有的外面看着相同，里面剖开颜色红红的，果肉之内丝丝脉络，温润如玉又自成“花瓣”。“黄胶鞋”说，这样的叫血橙，颜色越红、血丝越多的营养越高。价钱嘛，便宜得让你都不敢相信。

那时候山路多是不通，火车还是单行线，不比现在。而现在，火车要去的地方是凤凰——地图上看去，同样是曲曲拐拐的一根线。这橘子，凤凰说不定也有的。但当年，那个陪我一起走过的“黄胶鞋”，现在的日子过得好不好？那样的一切，远的小镇，远的橘子与黄胶鞋，只是一眼，经年不忘。

美丽湘西之凤凰篇

2010年的火车像游龙，远兜近转，把我送到了湘西怀化。怀化是湖南的西大门，进入怀化也便是进入了山的海洋。之后换汽车，在大山之间一路深入。秋天的崇山峻岭夹杂绿色的田畴，庄户人家的房子，秋天的藤蔓与瓜果。秋天的瓜果以朴素深沉的红色或灿烂明亮的黄色在赶赴一个季节的巡礼。风景一路扑面而至，又很快抛到了身后。

在接近凤凰不远的一处山道上，许多车汇合连成一线，前前后后望不到头。人心焦躁，不少怨詈的骂声、喇叭声。从怀化出发到现在，将近三小时过去，车子才过沱江大桥入凤凰县城。之前是半夜的火车到第二天早上九点半，之后是汽车一路到现在，我这一路来得辛苦——平常少有出门，少有如此马不停蹄的旅行。出沱江车站，往江北东路去时已是中午。我想的是赶紧吃饭、找房子，包袱甩下轻松上阵，看过风景了再休息。

事实上，在我现在的回想里，从过沱江大桥到上凤凰大桥，江北东路沿途所见——那些远远隔着的“火柴盒子”节奏紧密、错落有致，也夹杂杨柳，就都是沱江两岸接瓦连檐的吊脚楼了。江面明净，倒映岸上一切，如《夜泊鸭窠围》里沈从文给三三的信，“到这样的地方，使人太感动了。四丫头若见到一次，一生也忘不了。你若见到一次，你饭都不想吃了。”

从深圳到凤凰，我这一路，既不是诗歌的行者，也素无天地相契的经验——我也许写过小心翼翼且真心惭愧的文字，但一直顺天顺命，也一直过着属于自己的那一份平和的日子。现在，风景如此之好此生未见，我应该赶紧的，如此才对，还想着吃饭？这真是惭愧。

有没有时光机再来一遍呢？如果有，那就如此再来一遍好：我从沱江车站重新下车，从江北东路重新往古城，一切重走一遍。那样的话，我应该会看到凤凰古城更多更美的风景，而不是现在寂寂一人对了照片的惊讶。我应会重温凤凰古城如此明丽的色系。

吊脚楼封火山墙呈灰色，更多的是灰白色，屋顶黑色，木楼木窗原木的颜色。水面在阳光之下蓝白色，远山、树木绿色。各处灯笼形状美好，大白天门口挂起，一律红色。这灯笼，和城内各处的青石板街巷两相映衬，照见这小城曲折绵延的过去。

还是从北门城墙开始吧。

当我沿那道蜿蜒的城墙一直往东门城楼走去时，如果一切再来一遍，我应该会看懂那道如彩虹一样美丽的紫砂城墙，因为别处没有。这里是古城风貌保留最好的吊脚楼群所在。我应该不只是张望城墙上各样新奇的背篓，背篓旁边各处的小凳，小凳之上摆摊的妇人，妇人手上正在纳着的鞋垫，还有苗家各样摊开的刺绣。一路上，这许多的背篓装着红花绿草，几个妇女还拢在一起，几下编出一个美丽的花环。遇上这样的花环，我会从那立着的竹篓里挑出一个毫不犹豫罩在头上。人在凤凰都这样玩。有一个小孩子三五岁，也背着一个小背篓，小到如此地好玩，它能装些什么呢？它当然装不起那些沉重的历史。我的本性，或许关注这物质世界世俗的美丽多过那些让人头痛的历史。对于历史，我也许有话要说，但这里暂且放下，松口气吧，看这个如此可笑而又美丽的花环，再来一遍，我还是会跟过往的游客一样，戴上它在凤凰逛一整天。

我相信，历史有它苏醒的时候。

如果再来一遍，在这样的两处城楼上，我应该会留心地看这城楼之上各处的炮眼，想象这炮眼之外有过的流矢，城墙内外有过的战争。苗人的？汉人的？汉人跟苗人的？在这个武士荟萃之地，会有樯橹帆歌，更会有一切可能之事。在凤凰古城，应该还有一双温柔的大手，让置身其间的人们心存善念，让一切的汉人苗人不念旧恶各安其分，也让会做生意赚了大钱的人在这里盖起高楼又建造宝楼和乐相处。

如果再来一遍，我会想象从乾州、沅陵、保靖得得而来的马蹄声，这马蹄的声音穿越百年。苗王的哲学，对从前的部下拔刀相助，一个慷慨的“得令”，这里会有怎样的队伍冲出城门奔赴更远的前线？如果再来一遍，当我从东门城楼下来我就会明白，从标营街与南边街沿线，那旧时官道边上几十步路远就隔着的一栋将军古宅，还有许多大姓祠堂，陈家祠堂、杨家祠堂、田家祠堂在远处的北岸，它们来自军人世家又得其修缮。

这一切，2010 年的我，在古城行走时不能更多地知道。

这就像月光宝盒，在我的面前打开。如果再来一遍，在这城楼去往跳岩，我会想象为保护一方安宁，两道城门该有怎样的开启与关闭，会有怎样吱呀的转动与长声的异响？还有在虹桥上游，跳岩上那位美丽的姑娘，手里捏着个小物什，上身素白褂子，裙腰收到极好，同样素白延到小腿，其下渐变，江水一般清幽的蓝色平到脚踝，平底布鞋有几朵小花，和裙腰上点缀的几朵布花颜色相似，上下呼应。苗女善绣，这花朵也许是她自绣的。两次擦肩而过，如果再来一遍，我不至于无动于衷，我应该主动打招呼真心赞美，叫她苗乡的翠翠好了——自雷雨之后白塔倒掉，翠翠应是走出痛苦的边城走到这凤凰之地寻她的傩送了。

一个十五岁的少年随水而下，开始其水上兵营各处流浪的生涯。其后十八年，这少年跃过沅水河，成了一个传奇的大学教授，又以其优美的文字让世人读到“十万只野鸭子遮天蔽日飞去的光景。”

行走在这江南水乡的画卷中。

从江北东路，两个人一路找旅店。但不想，普通私家房都是价格天高还客满。到凤凰大桥，桥头短暂的停留，回头一瞬间看到黄永玉艺术工作室，太累，两人都没有挪步的计划。过桥，在南华门城楼那片树阴下，凤凰古城游览图那里站着时，一个妇人走过来，带我们穿过小巷去看房子。中午时候，小巷里还有人提着刚洗好的衣被在走，可见得凤凰城旅店生意真好。路上更多的，是如我们一样举着相机伸长脖子到处张望的游客。那房子，床铺价格和北岸差不多，居然同样的客满。重返北门城楼，自城墙开始，下东门城楼。右边，城墙脚下一条宽宽的马路，沿路店铺，傍城墙一溜儿长木板凳，供游人歇脚停留在此购物。我们穿过一条小巷往里走，更见热闹。这已是古城中心东正街，街道青石板，各样商铺，有名的购物一条街。

感觉这东西，沈从文先生说得太对了，他的三三可以不吃饭，但我还不行。我哪里是壮士？我只是一个一路上背着行李饿了肚皮、一门心思在朝饭馆着打算的小江湖，如此而已。下午三点多，东正街上的姜糖也好、苗酒也罢，壮士都没兴趣，壮士不爱甜。转到一家卖土豆、豆腐的平锅前，壮士不由自主停下了脚步。锅里滋滋地冒着热气，豆腐方方，土豆圆圆，方方圆圆间是红着的辣椒水，样子好看。壮士看得口水直咽，赶紧的，五块钱递过去，三两片土豆递回来，四面都是挤着的人。很生气，我是壮士我怕谁，牙签从那冒着热气的大锅里挑出个土豆，狠狠地掼在自己的小碗里。我的动作让锅边的妇女吓了一跳，我还在瞪着她。那一刻我成菜市的妇女了，菜市的妇女算什么？菜市土豆三元五元一大堆。如果我在凤凰卖土豆，我会对所有的游客亲切微笑，我一定实实在在不宰游客。

温和如我者，在凤凰亲历自己的揭竿而起。我也许被凤凰的旅店挤怕了，也许被街上的游人挤怕了，我还没吃凤凰的饭，居然就成了凤凰的“竿子军”？心里后悔，怎么都是不舒服，那几个土豆终是没吃，其实也难吃，笔直投篮到了凤凰的垃圾箱里。

从东正街转到凤凰广场，下午五点，出西城门，往虹桥中路，终于找到一家稍可接受的旅店。之后，穿过虹桥拥挤的人流，去看沱江夜景。虹桥对面是酒吧一条街，灯光在夜色里华丽闪烁，勾勒出许多屋顶清晰的轮廓。小小的窗子，飘出各样的音乐。现在，我们正往那乐声而去。

第二天早起，再到沱江边，两岸烟树，东岭绵延，其上八角阁清晰可辨，江面有人洗涤，有人划船。除了酒吧，各样店铺一一开张。这样勤劳清新而又不算太过拥挤的早晨，用沈从文先生的话“我为了看山看水，也忘记手冷身上冷了。什么唐人宋人画都赶不上。看一年也不讨厌。”或者是“山水美得很，我想你一同来坐在我舱里，从窗口望那点紫色的小山。”

我很奇怪，他有如此流畅通顺而又朴拙可爱的句式，在这样的一条河上，他还用这样的句式说吃鱼“三斤半的鲤鱼我大约吃了十二两，一个大尾巴，用茶油煎成黄色的家伙，我差不多全吃完了，假若这样在船上半年，不必读一本书，我一定也聪明多了。”这不像文学教授，倒像如我一样未见世面的乡巴佬，而我偏就喜欢这乡巴佬式的味道，不做庙堂文章不要些神神道道。

过跳岩，往沈从文墓地，献花拜祭。

在凤凰，一切老宅都没看。经过沈从文先生故居时，在外边站了站，人多，一窝蜂往里——想想沈从文十五岁就出去，十八年之后探母回一次，北平南下逃难回一次，之后长沙开会时回一次，还写了《新湘行散记》，而最后一次，却就是一位战士回“故乡”。80年代，这房子还是政府从别人家手上盘来的。一个人一辈子，回故乡寥寥可数，我们参观这样的房子能看什么？在我看来沈从文是我喜欢的作家，我们与其在那些被现代人摆布的故居老院里去猜想，不如亲临他的墓地拜祭，献一把秋天的黄菊还实在。

看过墓地，原路而下，在沱江上划船，艄公的号子好听至极。这声音勾起我一点思绪，当年的沈从文从沱江之上一叶扁舟，自沅水而下六百里水路到桃源，由常德到长沙，之后火车至武汉、至北平。但如果，他在桃源继续坐船，五百里水路到洞庭，就可以听到我家乡的渔歌。倘若如此，他会留下怎样的文字呢？我知道，这世界有的人会经历赤橙黄绿青蓝紫各样丰富的旅行，而有的人，就像多年以来的我，一直就呆在一个地方。

“照我思考，可理解我，照我思索，可认识人。”

以前读过的《湘行散记》《长河》《边城》，里面有沈从文先生亲自手绘的插图。来凤凰，亲临一见，内心了然。一个人在生命各样阶段会认识身边各样的世界，也会遭遇不同的自我。凤凰的土豆让我知道，人生的阅历经验单薄。而人对时间，往往又于心不忍有话要说。

沈从文是一位时间的歌者。

在他的歌里，凤凰是一本书，承载着厚重的历史文化；凤凰是一幅画，展示着神奇的山水风光，演绎着浓郁的民族风情。而那歌里唱着的，是一个已然流逝永不再回来的湘西。

我是透过先生的文字认识凤凰，且感受到一个美丽遥远的世界。那样原始美丽而又生动的存在：渔人的火把，水面的流船，虹桥之上的药铺，还有那正是当好的年龄心里爱过的恋人。人有长大的过程，有人早熟，有人晚熟，还有的人一辈子也熟不了。去过的凤凰，土豆是小小的不快。土豆的对面却是春天的版画，我在心里放了四年，春天一到，又都是万物苏醒的时候。

浮生三记

我有时觉得，生活像一个梦。许多梦，似曾相识。

也许之前做好了，神灵放在那里，只等有朝一日走近，它就复苏全部的光亮与记忆。

梦哭记

下班回家小林问：你昨晚梦到什么啦，哭那么伤心？我说：我记性好，有的梦做了几年都记得，一点想不起，应该没做梦。小林说：不会吧，没做梦你把自己整个蒙起哭，那样吓人？我纳闷。我好多年睡觉从不蒙被子，除了小时候。

小时候，家里条件不好，几姊妹在一个房里睡。靠东墙，哥哥一个铺，大姐一个铺。六弟跟父母在另一房，隔堂屋。老五那时还在，跟我换班，我回来，他就寄养在山里外婆家。剩下就我跟二姐一个铺，里侧靠墙。说靠墙，其实是靠着一个大棺材，板凳架起，塞在那床铺与墙壁的空里，两处相接的床弯，就是家里的贮物间，也包括那口棺材。父母有时在那棺材里装谷子，有时装些别的。棺材原木本色，对我而言是庞然大物。有时，一个人在床弯里找吃的，毫不在意，看见它对外面的一档，高高的圆拱，像一面山墙。有时，跟村里的小伙伴捉迷藏，躲进这房间，就以最快的速度爬到床上掀开蚊帐，进到那“密室”，他（她）们即便进来，做梦也想不到我是藏在那样的地方。

晚上，二姐睡外边，我睡在那床里侧。还大些，被大人打一顿，再不进去了。再大些，识字了，看图书。看到一本鬼故事，白天汗毛都竖起来。晚上睡觉，还是贴棺材，但不敢睁眼了，蒙头睡，害怕鬼，害怕屋子中间不多的空地。姐姐不明就里，我蒙脸一次就打一次。再以后，搬到了村头新房子，睡觉也不蒙被子了。至于那棺材，大概，那时给了过世的祖母。

我到现在还是想不起，那晚究竟梦到什么，不知为什么哭。只记得醒来时，梦就凭空挥发了，完全失忆，半梦半醒间，手被小林拉过去，可是哭还在，已是开场，收不住，好一阵就那样躺着，听自己哭。我的幼年在外婆家长大，对那村后的房子，只有这有限的记忆。白天想梦的时候想起来，清晰如在眼前，不觉丝毫的寒酸。与梦也毫无关联。

梦过无痕。可是莫名所以的痛哭，惊吓到自己，下坠的感觉，被一个温暖拉着。

人生苦短。下棋几盘，记歌词一阕，致意生命里所有的不能释怀。

笑看日月走马灯 / 香雪暖，玉壶冰 / 回首朝西路朝东 / 有情痴心重 / 无浪一帆轻 /

女儿红，善酿情 / 牵手红尘爱一生 / 风月冷，暗香浓 / 窗外春雨又秋风 /

人心清，乾坤正 / 古越龙山通空灵 / 寒沙收风景 / 好雨绣花容 /

女儿红，醉天下 / 心有轩辕求大同。

修灯记

今天，终于把头顶那个不定时炸弹卸掉了。好久之前，它就只有蓝珠子亮，主体都不亮。平时看起来轻，拆下来才知道重，结构繁杂到让人惊叹。长一米，宽零点七米，厚度一指又多。而且拆下来才知道，它以前为什么喜欢下玻璃雨。以前，我们家楼上的小朋友跳一跳，它就会蹦出个玻璃管掉下来，茶几、沙发、地板上，到处都是玻璃屑，长点的粉条样。今天拆它，光是这样的“粉条”，长长短短少说也有五六十根。却原来，这样的玻璃管，都是穿在两两相对、两面透空的水晶板上的圆孔里。地球是旋转的，灯里的玻璃管自然也是旋转的，转上几年，物理的位移出来，然后，遇到震动就掉下来。今天，五金店姚师傅已经很小心拆它了，可还是边拆边掉。有的掉在他眼镜上，有的掉在他鼻子上。天气预报失误，咱们家客厅今天下“雨”，玻璃雨。

想不到除了拆玻璃管，灯板上又还有不少片状的玻璃板，各分四边附上面，一起大约有七八片，都是寸宽，厚度一毫米左右，也是对空插着，边拆边掉。它们掉着时，我就想，要是还软和一点，轻一点，飘起来，就是鹅毛飞雪了。当初买它，我在底下，隔距离，角度是仰望。现在才知道，当初真是被它斑斓的假样迷惑了。那么多玻璃，玻璃管，玻璃片，总也有好几斤。流行是一阵风，当年市面装修，客厅大都是这样的灯。开关打开，带遥控，开起来好几档，星空一样变幻。在不觉危险的光阴里，我还是非常喜欢的。常在它底下喝茶、聊天、看电视。自从听到三楼邻居说，她家客厅也是这样的灯，早几年，从天花板上整体掉下来早就换掉了，我就在计划哪天也要换掉它。这样的灯，实在是悬在头上的炸弹，该亮的不亮，该修的也没法修，总不能等着它自己掉落。

今天配合姚师傅，他下螺丝，我当小工，用长杆抵住不让玻璃管掉下来，杂技表演样。我尽可能忍住不笑，第一跟姚师傅不熟，第二人家在帮你做事，情况危险。确实，灯那么重，中途好险，突然间滑了一下，还好灯的一角挂到了人字梯上，不然就掉下来了。总算平安拆完。水晶灯只是冰山一角，咱们家修东西总是一大摞。今天丢过的垃圾，远远不止这一小袋。有时，望着这样的垃圾就绝望。被琐碎消磨的光阴，拿这时间去做喜欢的事该多好。不管怎样，“炸弹”拆下，灯修好了。客厅、餐厅现在是新式 LED 吸顶灯、新式 50 射灯。

昨日回乡，清明祭祖，在那空地里崴了脚。今日忍痛，家里忙乎一天，各处清扫，洗洗抹抹，拍照看看，心情又重好起来。

走路记

今日走路，自云梦路，至南津港大堤，往洞庭新城拐弯，笔直上新桥，沿韩家湾大堤，城市外围一路漫走，至洞庭湖湿地，无人烟之所。堤上野草丰茂，野花点缀，偶有几声蛙鸣。沿湖走路，有点忘形。堤上偶遇一小猫，一小狗。小猫小狗相离不远，也似朋友。又有一小桥，跨港，一端在堤上，一端接到旁边，未知林地。夜黑如墨，想那林地能不能去往市区还是问号。我说走吧走吧，春风十里，不走可惜。

继续走堤上，前行数里，有喜有忧。先说喜，远处洞庭湖大桥，灯火迢迢，胜利在望；近，前面下去，水草隔断，无路可走，是忧矣。徘徊再三，回堤上。回走近百米，过一无主摩托。又过一堆沙地（都是之前经过的）。下脚探索，大堤之下还是围墙。墙内楼房、灯火只能远望。手机开照明，又回堤上，边走边找，只想快点找个小路，去到那灯火之所，结束这茫茫无着的感觉。

突然想起同事在水边钓鱼的事。

同事嗜钓。有一次，水边钓鱼坐久了，无意间侧头，身边一动不动坐了个一两斤重的大青蛙，跟他一样的看水面，也不知坐了多久。同事想都没想一手搭过。打问青蛙下落，当然盘中餐啦。我在堤上说到青蛙，联想到一切水中异物，人就举着手机，不作声了。说实话，别的不怕，有点怕蛇。岳阳城标志性雕塑，巴陵广场，后羿斩巴蛇。巴蛇就是大蟒了。脚下路面高低不平，身边人手机音乐响起——大悲咒，心安。

伴音乐，继续回走。前方几十米远处有了脚步，从我们之前经过的一水文勘测所似的小房子里，出来了一个人。夜色模糊，我们大声喊话，快步跟上，跟随他从堤上一处小路下行，过围墙豁口，进到贮木场家属院里，三人喜形于色，终于不必走来时的远路回家。与堤上带路的好同志别过，顺林阴道，往贮木场家属院大门方向走。经过一处荒凉废弃的车间大门，我们在树阴浓密、遮蔽了路灯的暗影里停下脚步，手机调整角度光线，对着它拍照。又遇到一个热心的向导，一路上告诉我们贮木场家属院里各处建筑历史。院里拆迁横幅沿路可见。向导介绍，洞庭南路沿线都会征收，你们过来的地方，还有个法国房子，以后拆迁时会保留，白天可来一看。过铁路道口，在贮木场原公司大门处，有 2 路公交车刚好进来，正掉头拐弯。从以往经验，若不是看老或有事，这片老城区，真是难得来了。而像今天这样闲逛漫走，好几年来，还是第一次。

大门口出来，别过向导，没有搭车，继续走路，开启老城之旅。沿路经过贮木场家属区、贮木场大门、铁路道口、啤酒厂、中央直属粮库、日化、棉麻、先锋路老火车站、芋头田小巷民居，街道两边，都是有了年代的老房子，有几处老旧有趣的门店，独留外面的老招牌，回想它们在国营大集体时代给这城市的贡献，让人一时感觉穿越。

滴水成珠的巷子

只消一个声音就能惊破一场忧伤的梦，使你立即进入神秘而又亲切的意境，

使生活得到喘息，使隐痛化为喜悦，使初逢的陌生人顷刻间变作了骨肉至亲。

——费特

一

巷子滴水成珠，匍匐在夜的深处。

相对于远处高楼的搅拌机轰轰作响泥沙俱下，这里的安静就让人感动。石板路湿漉漉，隐隐的湖腥味还在空中四处飘散。不长的巷子，隐在一片老旧的河街里。

清代《嘉庆巴陵县志》对这条巷子的记载：“鱼巷，在南门外，通南岳坡，里人廖国兰捐修石道广竞，巷长 151 步有奇。”于是，知道这脚下

的麻石板是清朝便有的。

河街上的老人对鱼巷子的叙说，就不似史书的简约清淡。你会明白并且同情，那种泼墨挥毫的怀念。你会倾听并且尊敬。夕阳也如沉思的老者。

鱼巷子连同远处的大湖，在古往今来的时光里吸纳了太多。

“行江鼓响催开头，排歌号子收家伙。妹子堤上送阿哥，托福平安去汉口。”绵长的渔歌，串起河街封存已久的影像，渔船穿梭在茫茫的水面。

河街，茅屋与炊烟，似乎是大湖一个遥远的传说。

夜色里回头，鱼巷子像一条无声的脐带。

一边是浩浩的大湖，一边连着深深的河街。熟悉的景象，崭新的陌生。

清康熙、雍正年间的查慎行有诗云：“疏灯几点夜呼渡，老屋百家秋结邻。”写的就是聚水而居的滨湖渔户涨水时举家乘舟，秋冬水瘦，则结庐而居的旧时生活。时间上推至东汉或更远，这种随水来去的渔家生活，不知对小巷的形成与河街的发展有何确凿的关联影响？无数的专家学者、本土文人还在研究今天的大湖。在学者的共识里，巷子的形成与这座大湖息息相关。正是大湖丰富的物产，形成了早期的鱼巷子也发展了最初的城与市。

北城南市，是这座城市临水一线最初的雏形，城北集中了官府的衙门，南部以吊桥为界，出来就是热闹的民生市井。那时的鱼巷子，还在消失的南门吊桥之外。炮火未临的时候，老城墙还没有坍塌，汴河还有悠悠的流水，吊桥在日开放行、日落收起。

鱼巷子，早在清朝，或民国时期，就是三湘四水乃至长江中下游地区最大的水产品集市。那时的鱼巷子，商铺如林，尤以鱼市闻名遐迩。

随着城市的扩大东迁，巷子昔日的辉煌已经不再。条石板路上只剩下老旧的门面、老旧的雨棚，密如蛛网的电线和晾衣线。

老时光里的旧事物，踩着漫不经心的步伐。

鱼巷子深处更见斑驳的院落，那样一层两层连着的房子，几代人共用的门扇，似乎全都在静止的时光里。只有老旧的记忆爬上窗台，抒写着这片河街陈旧的景致。

梧桐树下叶成堆，一半儿沾泥一半儿飞。

如今的南门不见了，汴河吊桥也已消失，繁华热闹似乎都留在远的朝代。

只有鱼巷子，如坚挺的桅杆，横渡百年。

二

太阳照着千年的大湖，也照着世纪的尘埃。

一条更窄的直巷，与鱼巷子平行，一端是临街的木楼。巷里终年潮湿，没有阳光。往里走十多米远，豁然开朗，却是个古旧的院落。低矮的平房随处可见，笔直过去不到五米，尽头连着的就是一栋三层的筒子楼。那栋临街木楼的入口靠近巷子的东边，筒子楼在巷子的北面。两个分来的女孩子，当年，就住在踩起来吱吱作响的木板楼上。

那暗暗的楼梯给人的感觉是胆战心惊，似乎承受不起人的重量。但它终是比想象的结实。进入楼道的光线同样的暗。即使大白天，楼道入口也是黑乎乎的，像个大张其口的怪兽。这是个温和的怪兽，每日，人们被它吞进又吐出。楼道的居民也心甘情愿，毕竟，怪兽的肚子里有一个自己的家。公共厕所在二楼，喜欢偷懒的男士常常把楼道当厕所，楼道里，就有难闻的气味，如同生养了孩子的人家日日必不可少的翻晒。

厕所地面常常有四溢的污水，污水多了有时从楼道流下来，人在上面必得梅花桩似的行走，这样的时候恨不能有直升机相助。比起下面的鱼巷子，更见恶心。大白天，只要离开房间，人就落在阴暗的光线里，需要猫似的张亮瞳孔看清地面。

孕妇最好不要在冬天怀孩子，那样熊猫似的行走不便。

曾经的我，就在这样的楼梯口，穿着平底的布鞋一脚溜下了三级的台阶。

筒子楼里住的几乎全都是社会下层人士。之所以叫作筒子楼，是因为一户户人家对门而居，中间隔着长长的走道。南面的住户窗户向阳，比北边来得敞亮。一个公共的水龙头架在楼道尽头东边的洗水池上，那里开有一扇窗户。白天各家的房门一关，窗户就成了整个楼道唯一的光源。主妇们常常在这里就着窗户的光亮洗东西，男人们天黑了在这里冲凉洗澡。窗户对着一堵砖墙，中间隔一人来宽。墙比窗户还高，上面一个四方的晒台。说是晒台，其实是人家的屋顶，主妇们很容易爬上这样的晒台在上面晒衣被、棉絮。那样的时候，楼道里的光线就愈加阴暗。有太阳的时候，偶尔一两束光斜射下来，可以照见楼道里无数的灰尘在细细地飘浮旋转。

没有厨房的人家，常常在门边的走道生火做饭。走道里气灶、煤炉、洗菜盆各种东西五花八门，应有尽有。下班时，更是锅碗瓢盆大合唱。谁家来客了，谁家的饭锅坏了，打开进去一扇门，一目了然的清楚，毫无秘密可言。夏夜，热不过，常常搬个凳子小心地爬上晒台，看远处的星星，看远近的屋顶，巷子的气息阵阵涌来，如此空阔，很可以纵容一个人的梦想。我的梦，天晴在晒台飘着；落雨时叠起来，收进自己的房间。

深居小巷，日子久了自然明白，巷子里没有油纸伞，也没有飘着丁香的梦。

有的只是无尽的扬尘、纸屑在随风飞舞。

住在我家正对门的是一对超生被开除公职，现在做菜贩子的夫妇。稍远的边上是两个离婚的单身女人。斜对门，一对小夫妻办了离婚手续还在一起过日子。拐弯再过去，一个男人独自带着自己的四岁小孩生活，女人在南方的发廊里做事。好像只有挨着的郭大姐还能说几句话。一层的情形就这么复杂，谁家的日子都不容易，免不了就有家长里短伴着窃窃私语。

楼下的汉子在一早醒来的梦里气势汹汹地骂，只为梦到老婆偷人了。墙外的住户集体噤声竖起耳朵听，听着听着，听出了事情的端倪，又忍不住窃笑。可以听见汉子的老婆呜咽，空气里久久的沉默，这原是河街汉子世俗的爱情。

巷子里闪出一个熟悉的人影。那是胖胖的郭大姐，她要去那座与教堂相邻的医院，安抚一个惊慌的孕妇。这个孕妇在最初来到的城市里举目无亲，毫无经验——不确定生产的日期，孩子的父亲不在身边，没完没了的剧烈疼痛让她的脸一下煞白。她在可笑地寻找剪刀想把身上的裙腰剪开，所有来自腹部的束缚，让她觉得这都是引起疼痛的根源。可是，她走不动，坐也不是，站也不是。孩子的大姑在一边抹泪。这就是当时的我。

除了疼痛发作难忍，我在自己的绝望里一声不吭。这样的时候，郭大姐敲开了紧闭的房门。大姐让我躺下来，抚摸我疼得发紧的腹部，说着轻松的话，甚至要逗我笑。因为难为情，我既笑不出来，也不想开口说话，这实在是太痛了。大姐的声音手势充满肯定，没事的，等下就不痛了，早生早享福呢。她在我腹部的手势非常奇怪也非常温柔。现在想来，那也许是一种民间的临产推拿。我开始放松下来，疼还有，但不是开始时那么强烈了。也许一个人的疼痛多半还是自己紧张造成的。

儿子成了这座筒子楼里当时唯一出生的男婴。都说这里的阴气太盛，儿子成了个稀奇的宝贝。妇女同志们见了就笑，摸他的小手亲他的小脸。有时，过来将他从熟睡的摇篮里抱出，端到外面“嘘”一泡长尿。黑黑的筒子楼也在这样的快乐里，一点点分享着一个生命的成长。

直到今天，我才开始佩服惊讶当初那样的胆量。常常忘拿钥匙的我，就那样从水池边的窗户上小心翻到三楼的外面，踩着不足一尺宽的露台，那样直直地贴着墙壁，转过一栋楼房的直角，来到自己的窗前那样费力地爬进房间打开门来。

上帝关上了一扇门，却也打开了一扇窗子。感谢上帝，还好，我没有掉下来。

三

记起一句有趣的谚语：“巷子里赶猪——直来直去。”

夏虫缩在树叶的深处不停吟唱，鸡犬相闻。曾经那么厌倦的，那隐于小巷的筒子楼里的生活业已走远。窄窄的巷子，散落的民居，如同珂勒惠支木刻的版图。粗犷的线条，落眼全都是平民的生活、底层的苦难。时光在这里变成了一面镜子。街角一只探索爬动的虾子，躲进伞下避雨的妇人，拽着三轮车消失在雨幕中的汉子。我与小巷，也成了物理学上的一种叠加。我们相逢在时间的这一个点上，当时光无限抽离或者延伸，我不会知道，我原来的生活还会有怎样的可能，或者将来的生活又会是怎样的模样？我只知道，我与小巷注定了会被时光的行船送到现在的点上。对着曾经的小巷，我没有更多的言语。沉默的含意多种多样。有时，是迫不得已；有时，却又是最好的表达。小巷通过日常，而我通过文字，我们在这里互为见证。如秋水长天，如急雨骤下。

一间冲澡的厕所，一间读书的书房，便是我在河街时全部的梦想。也因为郭大姐，从此记住了那一份离开的温暖。我在小巷的日子不值一提，但那是属于我的小巷。那是我踏入社会最初的艰苦生活。而我现在的梦想，肯定已不同于从前。在，是因为一切的不在而呈现。当我明白这句话时，距离鱼巷子筒子楼的生活，已经整整过去了十三年。十三年的时间，足以催生一种崭新的事物。告别筒子楼里的生活，总结搬家六次，生活的动荡不易可想而知。现在所居的地方是另一条巷子——洞口巷，与太子庙巷平行，似乎同样的古老。一棵硕大的梧桐，在下雨的春天里开花，白白的花朵如云似雪。夜晚在高处的窗台，很容易看到梧桐遮盖的小巷。

众生来去，消消隐隐。生命终是绕不过小巷，这真是有趣。

今天的我，距离鱼巷子并不遥远，同在一座城市，我似一挥而去的简单，我知道，一切在时间的掌控里。由此也开始明白，一个人对于巷子的端视。是一种触碰，是一种抚摸。一切的过眼云烟经由小巷进入心灵，或者阡陌纵横，或者滴水成珠。也许只有吹拂的风，才是它们全部的知觉。

附录　小池一朵芙蓉

戈林才

友荣要出书了，要我为她写上几句。

写什么呢？我想，无非就是想要几句好听的话。看在她为我洗衣做饭、甘当“湖南卫士”，又在我生病期间，为我在佛前虔诚祈祷的份上，我只好拿起笔。情非得已。理所当然，应该表示表示。

我是黑夜的使者，黑夜是一朵花。

救苦救难，大慈大悲。就当是一场修行。

从黄州到惠州到儋州，苏东坡说，他好难。

但是，苏东坡不知道，有人比他还难，此时有景道不得。

想起一则幽默笑话：

说，老咼的妻子和他下象棋。五招之后，老咼胜利在望。老咼妻子不高兴了，说她的马能走田，因为是千里马，老咼忍了。又说她的象能过河，因为是小飞象，老咼又忍了。奇葩的是，兵可以倒退走，因为是特种兵，老咼也忍了。过分的是车可以转弯，她振振有词说，哪有车不能转弯的。老咼都忍了，忍无可忍的是，她的炮可以隔着两个炮架打过去，说是高射炮。老咼继续艰难锁定胜局，意想不到的事又发生了，她竟然用老咼的“士”干掉了他的“将”，说是她训练有素、潜伏多年的“卧底”。最后，她赢了。于是，愉快地去洗衣，做饭。

友荣的系统创作，应该是从她在新浪写博开始，算来，已十年有余。十年有余，也正是我们相识的时长。虽然聚少离多，我对她，却是了若指掌。友荣学的是理工，却偏偏喜欢文学写作，想要开辟一条新路，何其难哉。她却是不信邪，不服周，愈挫愈勇，生生靠着勤奋和执着，写出了属于自己的华章。有时，为写一篇文章，她不惜通宵达旦熬一个清冷的苦寒夜。而第二天一早，又活蹦乱跳去上班，这不免让人刮目相看。

湖南人的性格：“恰得苦，耐得烦，霸得蛮。”在友荣身上完美地体现。从一个文学爱好者成长为在小圈子里小有名气的业余作家，实属不易。我要为我的“书童”点赞。

不想说太多的赞美之词。但是，好听的话还是准备了一箩筐。

我想，你懂的。

如嫌不够，可以考虑，再来一箩筐。

友荣在工厂上班近三十年，虽说生活平平淡淡，没有大起大落，却也曾经历了人生的坎坷。不管是在曾经的苦难面前，还是在物欲横流的今天，她都依然本色，依然善良，依然葆有一颗赤子之心。这实属罕见难得，弥足珍贵。

缘起，无非一个爱。因为爱，这事就成了。

对文学的爱，亦复如是。

岳阳位于洞庭湖之滨，依长江，纳三湘四水，人文底蕴深厚。人文底蕴深厚的岳阳，名山、名水、名湖、名楼、名人，洋洋大观。受此文脉熏陶，友荣用十年的业余时间，呕心沥血，写出这样一本书。我想，不管怎样，也算了了一个心愿。我是这本书的第一读者，也是这本书的初审编辑。她写得如何，我就不再加以评说。一千个读者，有一千个哈姆雷特。

生活中的友荣从不用化妆品。不是没有，实在是纯天然的质朴，早已深入骨髓。因为，她来自“清水”。清水出芙蓉，天然去雕饰。你不能说，芙蓉不美。“叶上初阳干宿雨，水面清圆，一一风荷举。”她的人，像她的文章。

有的人喜欢脸上的化妆，有的人喜欢生命的化妆。无疑，友荣属于后者。

她的文章，像她本人。

“好风如扇雨如帘，时见岸花汀草涨痕添。”

是该另起一行了。

王国维在《人间词话》中云：“有造境，有写境，此理想与写实二派之所由分。然二者颇难分别。因大诗人所造之境必合乎自然，所写之境，亦必邻于理想故也。”

“合乎自然”与“邻于理想”，王国维叫做“自然之眼”“自然之舌”。叔本华则说：“同者唯同者知之。”他的意思是说，只有当本身自然化了时，才有可能真正领悟和再现“自然”的美，构成艺术的境界。

因为弯曲，所以美丽。

审美，因人而异。君子和而不同。在某些人眼里的美好，在某人眼里，或许便如梦幻泡影。反之，亦然。但是，自然的法则，不会改变。

在与花鸟共欢乐的同时，友荣和她的家乡“清水”一样，也终于收获了自己的“葡萄”。实感欣慰！祝愿她——从今往后，每天都可以一觉睡到自然醒，安心做一个但求耕耘，不问收获的“农妇”。

后记

《小池一朵芙蓉》是我的第一本散文集。从最初的写，到现在，有十多年时间，断断续续，都是在上班之余完成的。第一次发表文章是1999年，在《岳阳晚报》，一篇几百字的小散文，题目是《岁月如河》。那报纸后来找不到了，就没有收入这本散文集。

第一辑“童话的故乡”，我记录的故乡其实是远逝的，很多的美好、温情，回不去。所以，我在以前写过的诗行里，将其称之为“童话”；

第二辑“和你在一起”，这是一个孩子献给母亲的文字，母亲是我的生命之源；

第三辑“在城东南路”，这里是我离开学校走向社会的起点，我在此居住，接受生活的洗礼，也构建灵魂的花园；

第四辑“清水出芙蓉”，我的故乡有一条河，名字就叫“清水河”。河流在这里其实是一个隐喻，我想以一条河流的原生之美，来寄寓自己对文学与写作的期望。

将这些文字整理并出版，是对十多年散文创作的一次总结，一个审视和反思，也是一个告慰与纪念。我对写作的认知，长路漫漫，有坚持，有提高，足矣。在此感谢在文学之路上所有给予我关心支持的师友，感谢出版社工作人员辛勤的劳动，也感谢我的家人，尤其是我的先生戈林才为此书顺利出版精心策划、编辑，做了许多幕后工作。

李友荣